HAÏTI DANSE

HAÏTI DANSE

Jean Carmy Félixon

HAÏTI DANSE

Roman

ISBN : 978-99970-4-344-3
Jean Carmy Félixon

Jean Carmy Félixon
P.O. BOX 19281 / HT 6112
Port-au-Prince, Haïti

www.jcfelixon.com

« *Je n'ai jamais vu ma fille ni dans les cigarettes, ni dans l'alcool, ni dans la drogue. Elle n'a pas été non plus au centre.*

Mais je la vois dans chacune de mes cellules. À chaque fois que je respire, je la vois dans l'air. Elle est dans l'eau que je bois. Dans chaque son que j'écoute, elle y est. Dans chaque mouvement des êtres du cosmos, je sens sa présence.

Elle est là où je suis. Elle est mon esprit et mon âme. Elle est mon corps. Elle est en moi. Elle est moi...

Je vis seule, avec l'ombre de ma fille disparue. »

En mémoire de tous ceux et toutes celles qui nous ont été brutalement arrachés au cours du séisme du 12 Janvier 2010,

À tous ceux qui trouveront une partie de leur histoire et de leurs rêves dans ce livre,

À tous ceux qui ont perdu un être cher, soit dans la vie soit dans la mort,

À tous ceux qui rêvent du triomphe d'Haïti de certains de ses amis,

À ma famille et mes amis,

À toi spécialement.

Chapitre	Page

1

HAÏTI DANSE

La température était un peu élevée dans cette ville de la République Démocratique du Congo. Tout le monde cherchait l'ombre d'un arbre. Certains ont laissé leur chambre et se sont rendus dans leur chalet afin de ne pas perdre le bénéfice du sommeil de la nuit.

« Sais-tu qu'Haïti a été terriblement frappé par un tremblement cette semaine ? demanda Ducange, avec un sentiment de tristesse, à sa femme Amandine. Tu n'aurais personne là-bas ?

- Non ! Personne.
- Il y avait des écoles qui fonctionnaient, certaines d'entre elles se sont effondrées. Des hôtels, des universités, des lieux de culte et autres se sont aussi effondrés.
- C'est horrible ! Qu'a fait le gouvernement ?
- Certains des bâtiments logeant des institutions de l'État se sont aussi écroulés. »

Ils étaient assis sous l'amandier. Ils attendaient Myriam, la femme de service, qui devait leur apporter un jus de fruit. Myriam mettait du temps parce qu'elle voulait le faire accompagner d'un sandwich.

Sur la table qui était sous l'amandier il y avait un boîtier noir, un écran plat de couleur noire, une souris, un clavier sans fil et un bouquet de roses. Le tout sur une nappe verte brodée par Alane Arianne, un modiste du Madagascar.

« A-t-on estimé le nombre de morts ? demanda Amandine à son mari.

- Certains média disent environ 250.000 et d'autres, 370.000. On ne sait pas quelle estimation avoisinerait la réalité.
- Je pense que c'est la deuxième.

- Qu'est-ce qui te le fait dire ?
- La façon dont tu as formulé ta phrase. Souvent quand on exprime plusieurs opinions sur un sujet, celle qu'on veut faire retenir, on l'énonce en dernier.
- Tu as bien dit, souvent, pas toujours.
- Écoute, Haïti se trouve en Asie ?
- J'ai travaillé là-bas pendant trois ans. En quelque sorte, je connais Haïti. Mais, va regarder toi-même sa position sur la carte. »

Ducange lui demanda de patienter quelques minutes. Il se leva de son siège et prit le chemin de la bibliothèque du salon principal.

Pendant qu'il se déplaçait, il sentit quelque chose lui tomber sur la tête. Il s'arrêta et vit que c'était une amande douce.

Il passa tout près de la cuisine pour rappeler à Myriam qu'ils l'attendaient avec impatience. Ayant fini de lui parler, il entra droit au salon, ouvrit la porte et prit la carte.

À la sortie, Leea, le chaton, commença à miauler à ses pieds. Ducange le prit tendrement dans ses bras et vint avec lui sous l'amandier. Ducange reprit sa place aux côtés de sa femme.

« Leea est venu nous apprendre ce qu'il sait du tremblement de terre, affirma Amandine avec un beau sourire.

- Je l'ai vu en sortant, il miaulait et je suis venu avec lui. Il n'est pas encore au courant de notre conversation.
- Alors informe-le.
- Arrête trésor.
- Non, tu le fais. Autrement…
- Ben, j'accepte, à la seule condition que tu m'embrasses.

- Un mariage construit sur des baisers mouillés. Mon Dieu, quel époux ! Humm mm !
- Je n'ai pas dit baiser mouillé. J'ai dit "embrasser". »

Ducange enlaça Amandine. Il lui fit un doux baiser sur le nez puis ils s'embrassèrent avec tendresse.

Tout à coup, Ducange sentit quelque chose se passer en lui. Il invita Amandine à regarder autour d'elle.

« Je ne vois absolument rien. Qu'est-ce qui ne va pas ? Tu as vu quelque chose ?

- Regarde autour de toi je t'ai dit, et tu verras.
- Dis-moi chou.
- Mon pyjama a perdu sa forme.
- Tu es en…
- Alors, tu … ?
- Non ! Je rien…
- S'il te plaît !
- Pas maintenant. Après les recherches.
- Mais…
- Patience ! »

Pendant qu'elle le quittait des yeux pour aller chercher le jus, elle vit Myriam, debout sur ses pieds, les regardant éperdument. Dans ses mains : un plateau en or avec deux couteaux de table enveloppés dans deux petites serviettes en papier, un pot à eau contenant le jus, deux verres transparents, une bouteille de miel et deux assiettes. Surprise, Myriam déposa tout sur la table et partit.

Ducange ne supportait pas la température. Il enleva son pyjama et resta seulement avec le slip blanc qu'il portait, sans chemisette.

JEAN CARMY FÉLIXON

Dans le pain, il y avait une farce très savoureuse, faite de viande moulue, de miettes, de lait concentré non sucré, d'oignons, de poivrons, de piment, de sel iodé.

Avant de manger, ils prirent la carte du monde et cherchèrent la position de l'île. Ils passèrent près dix minutes avant de la repérer. Amandine était la première à la voir.

« Regarde, un tout petit point ! Connaîtrais-tu sa superficie ?
- On cherche. »

Ils cherchèrent et virent qu'Haïti est un État de l'Amérique Latine, la partie occidentale de l'île d'Haïti, d'une superficie de 27.750 km^2 et d'une population de 10.000.000 d'habitants environs. Le régime politique de l'État est de type présidentiel. Sa capitale est Port-au-Prince. Les langues officielles de ce pays sont l'Haïtien et le Français. La monnaie officielle est la gourde. C'est un pays d'économie essentiellement agricole.

Très curieuse, Amandine commença à questionner Ducange sur chaque information. La température s'étant abaissée graduellement, ils commencèrent à se sentir dans leur peau. Avant de répondre aux questions d'Amandine, Ducange ajouta du miel dans le jus. Ils découpèrent le sandwich par morceaux et mangèrent comme deux amoureux fous, s'étant retrouvés après avoir été longtemps loin l'un de l'autre.

« Connaîtrais-tu quelques mots créoles ?

- Je vais te dire *je t'aime* en créole : *Mwen renmen ou.*
- Tu *renmen ou* ?
- Tu as mal formulé ta phrase Madame Damas, tu dois dire « *ou renmen mwen ?* » et moi, je te répondrai *non.*
- *"Je"* se traduit par *mwen* et *"tu"* par *ou* ?
- Ouais, c'est ça. »

5

HAÏTI DANSE

L'histoire d'Haïti intéressait Amandine beaucoup. Elle voulut savoir la date de l'indépendance d'Haïti. Son mari lui apprit que c'est le premier peuple noir indépendant du nouveau monde. Il ajouta aussi que c'est la première colonie à abolir l'esclavage en renversant le système esclavagiste auquel ses fils étaient soumis.

Amandine continua :

« Si Haïti est la première république nègre, il a un gouvernement archétype ?

- Maintenant ce sont des heurts entre zones, des commotions politiques, des aberrations sociales, de la corruption à tous les niveaux, du chômage, de l'analphabétisme. Une ribambelle de maux parcourt ce pays. Quand les élections arrivent, ce sont des dizaines de partis politiques qui sont en concurrence. C'est comme le viol systématique de la conscience quand il s'agit de la publicité électorale.
- Des heurts entre zones ?
- C'est surtout dans des villes, mais dans les campagnes la vie est très paisible. On ne peut pas trop parler d'air pollué, ni vagues d'insécurités. On mange bio. Seulement, un enfant peut parcourir des kilomètres à pied pour se rendre à l'école ou pour aller chercher de l'eau pour le ménage. Ensuite, presque pas d'infrastructures sanitaires et routières.
- Triste, la situation de ces citoyens ! C'est de combien d'années l'espérance de vie en Haïti ?
- D'un jour renouvelable.
- Un jour renouvelable ?
- Oui, on frôle la mort au quotidien. Haïti est à la merci de tout. C'est un symbole typique d'État-Providence, disons de Providence divine.
- Qui veut dire ?

- C'est la Providence qui soutient la survie. Sorcellerie, épidémies, cataclysmes, faits sociaux, il n'y en a aucun moyen de protection. Aux premiers jours de l'année, j'ai lu, dans un journal haïtien, un article titré : *Le bilan d'Haïti de 2008 à date.* Il est dans mon sac, je vais le chercher.
- N'y aurait-il pas une élite en Haïti pour donner une orientation ?
- Je dirais qu'Haïti serait en panne d'élite, disons en panne d'Hommes. »

À peine Ducange se levait-il pour se rendre dans son bureau, Amandine vit qu'il était 23:55. Elle se leva et l'étreignit. Après qu'ils se soient embrassés, il la prit dans ses bras, la porta jusqu'au jardin et commencèrent les préliminaires.

Il lui enleva sa robe de nuit rouge ainsi que sa culotte blanche et commença à caresser avec beaucoup de délicatesse ses tétons, le bas de son ventre, ensuite sa hanche et continua avec des attouchements sur tout le reste du corps. Elle ne portait pas de soutien-gorge. Fini le travail des mains, la langue entreprit le sien. Il prit le soin de bien sucer certaines parties du corps. En même temps, Amandine le caressait à corps perdu. Les lobes des oreilles de Ducange, ses coudes, l'arrière de ses genoux, sa hanche, ses orteils, ses doigts, ses pectoraux, l'entre anus et les testicules… elle les caressait avec ses doigts et sa langue. Après ce petit exercice, ils prirent leur sac de couchage et s'allongèrent sous les cocotiers. C'était un samedi soir.

Il était 02:30 quand ils furent réveillés. Ils prirent le journal et commencèrent leur lecture :

« Les gouvernements d'Haïti changent comme on change de sous-vêtements. Chaque instant, on a de nouveaux dirigeants, pourtant la population n'a aucune meilleure condition de vie. De 2006 à 2009, on en est à trois gouvernements avec le même élu.

En Avril 2008, le prix des produits de première nécessité a connu une flambée. Pour protester et afficher leur mécontentement, une partie de la population vivant dans la Capitale a gagné les rues. Direction : Palais National. Ce sont des émeutes. Au troisième jour des émeutes, dites émeutes de la faim, après bien de dégâts matériels et des pertes en vies humaines, comme issue, le chef de l'État promit au peuple de l'engrais. Sans nul doute pensait-il que l'engrais rassasierait les affamés.

Cette décision n'a pas satisfait les locataires des locaux du Parlement. Ils donnèrent au chef du gouvernement un vote de censure après que ce dernier aurait refusé de démissionner. En Septembre 2008, Haïti a une cheffe de gouvernement. Une femme connue pour son implication active dans la vie nationale, particulièrement dans le secteur culturel et éducatif, qui par ailleurs, laissera le Pouvoir, en octobre 2009, entre autres, à la suite, d'un scandale de détournement de cent-quatre-vingt-dix-sept millions de dollars américains. Pourquoi cette somme ? Quatre ouragans ont dévasté certains endroits du pays en 2008, desquels on a eu un bilan officiel de 800 morts et environ un million de sinistrés ; cette somme a été débloquée du fonds Petro-Caribe comme fonds d'urgence pour répondre à certains besoins et réparer les dégâts causés par ces ouragans. Selon ce qu'a confié un autre journal, une partie de cette somme aurait été remise aux institutions chargées des réparations des dégâts et l'autre partie, séparée entre les budgétivores élus, nommés et contractuels.

À moins d'une semaine du départ de Madame, qui n'a siégé que treize mois, un de ses anciens ministres est nommé Premier Ministre par arrêté présidentiel. Avec ce monsieur, ce sont les mêmes revendications. L'insécurité alimentaire est toujours d'actualité ; malgré l'engrais promis, « *naje pou w soti[1]* ». Toujours pas un système de santé. Les journaliers continuent à réclamer un salaire minimum de deux-cent-cinquante gourdes pour une journée de huit heures de travail. Un député en fonction, très actif dans cette question de salaire minimum en faveur des prolétaires, fut étiqueté de pédéraste, étiquette qui exigerait qu'il se taise. La vie personnelle et la vie politique, tout se confond. Véritable tohu-bohu !

De leur côté, censément, les personnes payées pour la sécurité du peuple semblent oublier leur mission. D'une part, certains officiers des forces de l'ordre, pour rechercher les victimes du système, investissent des résidences privées pendant la nuit, dans les quartiers dits de non-droit, pour des arrestations illégales. Certains de ces agents procèdent aux arrestations en fonction la position sociale. Si c'est un grand homme généralement on procède à son arrestation avec une relative douceur, si c'est un anonyme on pourrait le martyriser beaucoup, quoique menotté. Qui pis est, chaque arrestation est une propagande radio-télédiffusée, comme si c'était un excès de zèle. D'autre part, certains des étrangers lourdement armés prennent le malin plaisir à tuer des victimes du système, à réaliser des scénarios pour justifier le solde des leurs, à maintenir le pays dans l'insécurité et la misère, et à faire du tourisme sexuel au nom de la stabilisation ; on a même l'impression qu'ils coopèrent avec des bandits pour leur sécurité… »

Amandine lut avec attention le reste de l'article et fit cette conclusion :

« Si je comprends bien, tout se fait à l'envers en Haïti.

- Beaucoup, pas tout. Le jugement également se fait à l'envers.

---

[1] Qui traduit cette idée : Débrouillez-vous pour sortir d'une situation

HAÏTI DANSE

- Ah bon !
- Dernièrement, seulement près de 23% de postulants à la deuxième partie du baccalauréat ont réussi, tu imagines le commentaire du ministre de l'éducation nationale ? Le résultat est satisfaisant !
- 23% ! Le résultat est satisfaisant ? Mon Dieu ! Il n'y avait pas de reprise pour les 77% ?
- Oui, mais l'équipe s'était révélée extrêmement incompétente pour organiser les examens de reprise. Un officier de police a tué un postulant le premier jour des reprises.
- Pourquoi chéri ?
- Je t'explique. On a publié les résultats des deux parties du baccalauréat sur le site du ministère de l'éducation nationale. Pour voir son résultat, on entre son code. Si on obtient, du coefficient, moins de 50% et plus de 40%, on est recalé. Postulants, parents et enseignants ont contesté le résultat. Après beaucoup de commentaires, ils ont fini par l'accepter. À la veille des examens de reprise, sur le site dudit ministère, une note affiche que les postulants ayant obtenu moins de 40%, qui devraient être éliminés, ont droit de participation à la reprise des examens et ceux qui devraient refaire l'examen sont admis.
- On n'a pas infirmé cette information ?
- Oui, après que les bacheliers éliminés aient manifesté violemment en voyant qu'ils n'avaient pas accès aux centres d'examens.
- Manifestation violente ?
- Ils ont brulé une école et endommagé plusieurs centres d'examens. Ils ont également jeté dans les rues les feuilles d'examen et frappé les autres postulants.
- Ce sont des bandits ?
- Mais non, l'État de ce pays parait ne pas avoir le même code que le peuple. Le peuple s'exprime dans le

10

langage qu'il croit capable de faire marcher les responsables de l'État, même si cela n'aboutit souvent à rien et appauvrit davantage les gens du peuple. Parfois les haïtiens mettent à feu des bâtiments et des voitures. Tu sais bien qu'il y a de ces formes de manifestations violentes dans certains pays en Europe aussi.

- Je suppose qu'il y a un peu de vagabondage et de méchanceté dans cette forme de revendication par le feu.
- C'est vrai… Parfois ils mettent à feu le fruit des années de travail de ceux qui n'ont rien à voir avec leurs revendications.
- Toi, tu tiens à Haïti, au peuple en tout cas.
- J'aime leur façon de vivre. Malgré tout, ils sont charmants, hospitaliers et aiment danser. Je les aime. »

Alors qu'ils se parlaient encore, les yeux d'Amandine commencèrent à se fermer. Ducange l'invita à dormir :

- Tu vas dormir maintenant à la seule condition qu'à ton réveil tu prennes le petit déjeuner après les recherches.
- Je suis d'accord, néanmoins…
- Néanmoins tu vas dormir maintenant. Bonne nuit !
- Comme ça ?
- J'allais oublier de réciter le petit mensonge : je t'aime.

Elle s'enveloppa d'un beau drap noir et mit sous sa tête un oreiller dont la taie est de la même couleur que le drap. Très vite elle céda au sommeil. Elle était éreintée par une très dure journée. Ducange, lui, ne ferma point l'œil, il continua les recherches jusqu'au réveil de sa femme à 06:30.

« Tu n'as pas fermé l'œil la nuit mon petit démon ?
- C'est ainsi que tu dis bonjour à ton mari ?
- Je dis bonjour à mon diable comme je veux.
- De qui as-tu rêvé mon adorable succube ?

11

- De toi.
- Donc, des cauchemars ?
- C'était pire qu'en enfer. »

Ce matin, ils ne sont pas allés à la messe. Ils prirent leur chapelet, récitèrent le Notre Père et l'Ave Maria. Dommage qu'ils n'aient pas eu d'hostie !

- J'ai presque tout préparé pendant que tu dormais. J'ai une tonne de fichiers audiovisuels sur Haïti et sur le séisme.
- T'es génial !

Ils glissèrent leurs doigts sur la souris et ouvrirent un fichier contenant l'ensemble des recherches effectuées durant la nuit. Les images impressionnèrent beaucoup Amandine et l'incitèrent à se poser des questions sur le mode de construction en Haïti.

« Comment se fait-il que des maisons causent l'effondrement d'autres ?

- Elles étaient trop accolées. Alors, c'est ce que je pense.
- Sûrement, elles n'étaient pas bien construites.
- Beaucoup de maisons en Haïti sont construites sans ingénieurs, sans une étude du sol.
- Bizarre ! Il n'y a pas d'ingénieurs en Haïti ?
- Il y en a beaucoup; ingénieurs de son, ingénieurs-conseils, ingénieurs en mécanique auto…
- Je te parle d'ingénieurs civils.
- Il y en a beaucoup. Mais tous n'arrivent pas à en engager un. Tu imagines un salaire minimum de moins de cent-vingt-cinq gourdes pour huit heures de travail. Déjà la vie est très chère, pas de sécurité sociale et tant d'autres choses, comment peut-on construire si ce n'est qu'en juxtaposant des blocs ?

- Je comprends. Et...
- Et ceux qui engagent des ingénieurs, tu allais dire ? En Haïti ce sont les classes et les castes. Ce n'est pas un pays, c'est un projet de pays, voilà ! Beaucoup des hommes d'État sont véreux. Les citoyens paient des taxes sans poser de question.
- Pourquoi pas des constructions en bois ?
- Et les cyclones ? Et les incendies ?
- Mais on pourrait mélanger le bois et le béton. Tu vois ?
- Oui... c'est plus compliqué que ça. Peut-être que la construction en bois soit plus coûteuse. Passons.
- Que la Vierge vole à leur secours !
- La Vierge a des ailes ? »

Ils rient !

Même après son sommeil, Amandine était toujours harassée. Elle voulait se reposer à nouveau. Mais elle continuait à cliquer.

Clic ! C'était la photo d'une grosse pile de cadavres entassés dans une fosse. Elle eut le cœur vivement touché. Tout-à-coup, elle fondit en larmes.

« Regarde chéri, des enfants, des jeunes, des vieillards...

- Écoute...
- Ce sont nos frères et sœurs.
- Je sais. C'est simplement un tremblement de terre qui a fait des victimes. De toutes les façons il fallait que chacun d'entre eux meure un jour. Le seul problème c'est qu'ils meurent tous le même jour.
- Ils ont droit de vivre et quand ils meurent, ils ont au moins droit à un cercueil, à des funérailles. Combien d'orphelins ces parents ont-ils laissés ?

13

- Ne t'inquiète pas pour eux. Les haïtiens sont très sensibles pour leur sang. Un quelconque parent proche les recevra chez eux. »

Après quelques bonnes minutes, Ducange la regarda d'un œil moqueur et lui demanda si elle allait fonder un orphelinat pour recevoir tous ces enfants orphelins.

« Si je pouvais, je le ferai », lui répondit-elle avec rage.

Elle respira profondément et dit à son mari :

« Nous allons collecter des fonds de nos amis d'ici et de l'Europe, ensuite nous nous rendrons en Haïti.
- Qu'est-ce tu dis ? Ta tête...
- Nous devons voler à leur secours.
- C'est à discuter Dine.
- Je sais, mais la conclusion finale sera un oui collectif. On doit y aller.
- Il n'y pas de vol commercial vers Haïti. Leur seul aéroport international est occupé par des étrangers. Pour y entrer, on doit passer par la partie Est. On verra.
- Nous nous préparons cette semaine. Nous aviserons nos clients de la fermeture de l'entreprise pour la semaine prochaine.
- Déjà ?
- Oui, déjà ! C'est une très bonne idée.
- On doit en discuter.
- D'accord. Plus tard, on discutera de ce voyage au parc. »

Pendant des plusieurs jours, ils se préparèrent pour le voyage. Comme prévu, ils collectèrent des dons, un total de 473.295 dollars américains. Dans leurs bagages, ils n'apportèrent pas grand-chose, comme s'ils partaient en aventuriers. Ils décidèrent de ne rien acheter. Ils élaborèrent un plan de distribution. Une fois en Haïti, l'argent devait être réparti dans des milliers d'enveloppes, 50 dollars par enveloppe. Khafid et Annick, deux clients de l'entreprise se chargèrent de l'intégralité des frais de voyage.

Quoique Ducange et Amandine n'aient pas de parents en Haïti, ils décidèrent de ne pas descendre à l'hôtel mais dans un camp d'abri provisoire pour mieux voir et mieux vivre la réalité des haïtiens, sans se soucier des risques. Michaëlle, une bonne amie de la famille décida de les accompagner. Tous trois, ils partirent ensemble.

Arrivés à Santo-Domingo, ils firent l'acquisition d'une carte de la zone métropolitaine de Port-au-Prince et recueillirent toutes les informations qui leur seront utiles. Ensuite ils prirent un bus à destination de Port-au-Prince. Une fois arrivés, ils engagèrent un chauffeur pour leur séjour.

Direction : stade Sylvio Cator, transformé provisoirement en camp, abritant près de 2.361 tentes.

2

JEAN CARMY FÉLIXON

Constatant la situation d'animalité dans laquelle vivait une bonne partie du peuple haïtien depuis plusieurs jours, ils estimèrent à un dixième ce qu'ils avaient vu et entendu dans les média sur l'évolution de la situation en Haïti depuis le séisme. Presque tout était détruit dans les zones touchées par le séisme : maisons, caveaux, édifices publics et privés...

Sur leur demande, Steven, le chauffeur, les conduisit sur les ruines de la Basilique Notre Dame, puis au Champ-de-Mars. Où est-il ? On n'y voit que des tentes, faites de toiles, de tôles, de draps, de plastiques, de prélarts, etc. Le panorama qu'offrait ce lieu était très critique. Tout se faisait au même endroit, la selle, l'urine, le bain, la cuisine, le sexe. C'était pire qu'une porcherie. Le Champ-de-Mars n'était plus une place publique, c'est comme une étable humaine.

Beaucoup d'étrangers, avec leurs caméras, prirent les vues de cet espace. Chaque blanc étranger fut comme une divinité venant des cieux pour apporter la délivrance à des croyants mal aimés. Partout où il y a un blanc étranger, une lueur d'espoir luit. On s'attend à avoir au moins un dollar pour subvenir à quelques besoins. On s'attend à un boulot, à une nouvelle amitié profitable, à des promesses de restructuration, à des visas, à recevoir de l'argent. Si deux siècles plus tôt les blancs étrangers étaient en Haïti des consuls honoraires du royaume du Mal, maintenant on les considérait comme des ambassadeurs du Bien. Leur seule présence aidait à survivre. Elle disait que demain serait meilleur, qu'Haïti revivrait.

Ils visitèrent le palais des ministères. Tout n'était que débris. En face de ce bâtiment, se trouvait le camp des sinistrés de l'Hôtel de la Patrie. Ils y entrèrent et distribuèrent discrètement quelques enveloppes. À leur sortie, ils virent un autre édifice en ruines : le palais de Justice.

« Finalement ce sont tous les palais qui sont détruits. J'ai des palais sur une caméra, je leur en donnerai un », dit Ducange d'un ton goguenard.

« Ils étaient en pleine séance le jour du séisme. Ici, la balance de la Justice n'est pas équilibrée. C'était l'injustice légale, l'abus des lois. Je sais que ce n'est pas trop différent dans certains autres pays, puisque c'est la loi du plus fort qui domine un peu partout, comme dans une jungle », affirma Steven.

Ils retournèrent au Champ-de-Mars et prirent quelques vues du Palais National gravement blessé.

En route vers le stade.

Ils arrivèrent devant un bâtiment peint en blanc. C'est le plus grand centre hospitalier public du pays, l'Hôpital de l'Université d'État d'Haïti, à l'angle des rues Saint-Honoré et Monseigneur Guilloux, la plus longue rue de la ville. Beaucoup de va-et-vient à l'entrée principale de l'Hôpital. Constamment on vient avec un agonisant tiré des décombres ou avec un blessé qu'on va amputer, sans que cela soit nécessaire dans plusieurs cas. Médecine de guerre oblige !

Les secouristes, les brancardiers, les ambulanciers, les infirmiers, les médecins haïtiens et le personnel des secours médicaux d'autres pays, tout le monde est au travail. Les affaires et le business sont aussi présents en ce lieu. Ils étaient très remarquables, les faux pharmaciens ambulants qui attendent les parents des victimes physiques, ayant à la main une prescription pour leur vendre des suspensions, des comprimés, des gants, des seringues, des cathéters urinaires, des sérums, des anesthésies ; également des *barmans* avec leurs marchandises bien exposées dans des brouettes, des thermos, des *pots de réfrigérateurs* et des *chariots*.

JEAN CARMY FÉLIXON

Tout près de l'Hôpital, se trouve l'École Nationale des Infirmières et des Sages-Femmes. Des parents n'ont pas cessé leur aller-retour devant cette école, pour voir s'ils pourraient retrouver le cadavre de leurs enfants. Les vêtements de ces étudiants servent de ceinture tant à leur père qu'à leur mère ou à autre parent proche ou proche parent très angoissé par leur brusque disparition. De certains pères et certaines mères, c'était l'unique enfant.

L'odeur des corps en déliquescence de ces jeunes n'empêcha pas aux étrangers venus de la République Démocratique du Congo d'apercevoir des mères assises par terre ou sur une *ti chèz pay* ou sur un bloc, certaines avec des compresses-cafés sur leurs frontaux, attendant vainement une voix les appeler « *manman*[2] ». Ces femmes mères chantent, elles dansent, elles rient, elles pleurent, elles parlent, elles se taisent, elles s'agitent, elles se calment, rien que pour entendre quelqu'un leur dire : « *Madanm, pitit ou a pa mouri non*[3] ». Hélas, personne ne pouvait libérer ces sons mensongers ! La faucheuse avait tout désorganisé.

À leurs côtés, se trouvent des parents et des amis. Leurs mots de réconfort sont nombreux, mais vains. Les chrétiens à foi impavide trouvent leur consolation dans les textes sacrés, notamment dans la promesse de la résurrection ou dans des faits de la vie des patriarches. Tandis qu'ils pleurent eux aussi, ils affirment qu' « à l'épreuve, la main de Dieu mesure » ou disent que « L'Éternel a donné, L'Éternel a ôté, que Son Nom soit béni ! » aussi « Que la main de Dieu enrichisse, que la main de Dieu appauvrisse, c'est la main de la charité. »

Le tableau est triste.

---

[2] Maman
[3] Madame, ton enfant n'est pas mort.

19

HAÏTI DANSE

Pour ne pas être affligé, il faudrait ne pas avoir de cœur. Nombreux recourent au silence et aux larmes pour sympathiser avec les personnes souffrantes. Contrairement aux parents de ces demoiselles, les étrangers ne purent pas inhaler trop longtemps l'odeur du corps de ces personnes péries dans cette institution. Ils étaient obligés d'utiliser un masque à gaz.

Steven continua sa narration dans la voiture.

« Bien qu'on dise qu'en Haïti l'insécurité prédomine, il demeure l'un des meilleurs pays.

- Mais Steven, on le prouve. On voit toujours des scènes de violence provenant d'Haïti sur nos écrans, dit Michaëlle avec fermeté.
- Partout il y a de l'insécurité, mais Haïti n'est pas un exemple en la matière, lui répondit Steven. Pourquoi tant d'étrangers laissent-ils leur pays pour venir dans un pays où l'insécurité prévaut ? Pourquoi tous ceux qui ont de l'argent ne quittent pas le pays, ce qu'on présente comme les nantis ? La main d'œuvre est presque gratuite, environ soixante-quinze gourdes pour huit heures de travail. Des négrophobes capitalistes étiquettent le pays d'insécure pour accroître leur capital.
- Michaëlle reprit : donc, tu veux me faire croire que les informations sur les scènes de violence en Haïti sont fausses ? Tu sembles être très ségrégationniste avec cette histoire de négrophobes !
- J'ai dit « négrophobes capitalistes ». Ségrégationniste ? Vous tirez des conclusions hâtivement. Certaines de ces informations sont vraies. Parfois, ce sont les ennemis du peuple haïtien qui créent des situations de violence. Je pense que la violence est systématisée en Haïti. Certains ont leur propre réseau de kidnapping et leur propre gang. Où les criminels trouvent-ils des armes ? Qui les leur fournit ? Ces bandits ont des permis ou des

patentes, je ne sais pas, pour acheter des armes ? Je ne le crois pas ! Haïti est un film, chaque acteur le rend plus intrigant.

- Il ne faut pas penser, reprit Michaëlle, il faut prouver. Les étrangers qui viennent dans le pays et ceux qui ont de l'argent qui y restent, peuvent avoir des raisons pour y venir et y rester. »

Michaëlle qui avait le feu sacré pour la réalité sociale d'Haïti, continua à poser des questions à Steven qui les lui répondit sereinement. En leur parlant, il lui revenait à l'esprit un texte dont l'auteur lui échappait.

« C'est monnaie courante en Haïti de voir une personne agresser physiquement une autre, ce, jusqu'à la tuer. Tout le monde est là, on assiste aux faits, et personne ne réagit, sinon qu'après. Ces spectateurs passifs viennent comme des chroniqueurs pour rapporter comment ils ont vu le fait se produire ou pour dire « *podyab*[4] *!* » en faveur de la victime.

Si par bonheur pour la victime, morte ou vivante, les autorités voudraient intervenir contre l'acte, la réponse automatique des témoins est « *mwen pa konn anyen*[5]». Une réponse assise sur les réalités culturelles « *pa konnen pa al lajistis* » et les pratiques de certains corrompus du système judiciaire. Dénoncer l'autre c'est comme un suicide différé impliquant un meurtrier vivant. Des policiers ne sont jamais sur les lieux lors de ces actes ? Oui, mais fort souvent, quand les policiers ne sont pas complices des agresseurs, ils risquent d'être leurs prochaines victimes à moins d'en être des spectateurs passifs. Parfois ces agresseurs ont des « *pwen* ». Dans l'insécurité en Haïti, la science et la sorcellerie s'affrontent. Donc, l'intervention policière se fait avec extrême prudence. C'est logique : « Protéger et Servir », ils doivent

[4] Exprimant la pitié.
[5] Je n'en sais rien

21

d'abord se protéger de leurs ennemis pour continuer à servir la population.

Si les métropolitains sont passifs, à la campagne, la population réagit aux agressions selon le code noir institué par les français : décapitation et amputation. En cas de décapitation, pour se libérer du corps, on fait appel au feu. Dans ces communautés, on répond violence à la violence. Probablement ils sont trop conscients ou trop victimes des corrompus du système.

Cette insécurité part de la cupidité de certains hommes et de leur soif de pouvoir. Quand on arrête un agresseur qui doit être jugé et payer pour son acte, c'est sa poche qui décide de sa peine. Fort souvent, ces agresseurs ont parmi les plus fortunés pour patrons. On comprend. Ça part aussi du grand besoin de quelques politiciens étrangers et haïtiens. Ils ont toujours besoin du service de ces malfrats pour le bon fonctionnement de l'insécurité. Donc, ces derniers ne peuvent pas être jugés trop durement. Quand l'homme d'argent exige, quand l'homme du pouvoir ordonne et quand des corrompus du système exécutent, personne ne peut, ne doit et n'ose s'opposer sans avoir les moyens efficaces pour contrecarrer ce puissant trio. Si certains cadres n'étaient pas prêts à négocier, tous les policiers et la population s'impliqueraient davantage dans la protection du citoyen et le maintien de la sécurité.

Tant que ces citoyens pourris sont dans le système, le ministère de l'insécurité sera opérationnel et apportera de bons résultats pour les patrons de l'instabilité sociopolitique et économique en Haïti. »

Michaëlle continua son entretien avec son lecteur social. Du chauffeur elle voulut avoir une version du déroulement du séisme. Steven se mit à raconter de nouveau.

JEAN CARMY FÉLIXON

« Ce mardi 12 janvier, les écoles classiques à deux et trois vacations, les écoles professionnelles, les universités, les supermarchés, les restaurants, les motels [...] tout fonctionnait. Tout était normal, quand une série de secousses brutales ébranla le sol. Des pompes à essence explosèrent. Des bâtiments s'écroulèrent. Il était 16:53 à Port-au-Prince. La grande machine s'est mise à tourner ses moteurs pour broyer des biens et des vies.

La terre aurait secoué pendant près de deux minutes et trente secondes. Dans ce court laps de temps, beaucoup ont perdu leur avoir, leur être, leur raison et leur raison d'être. C'était tragique ! Je pense que même les fous ne souhaiteraient pas revivre cet événement. On était comme tétanisé pendant les secousses. Notre génération ici en Haïti, n'a jamais vécu un aussi grand séisme.

On ne savait quoi faire.

Certaines personnes qui étaient en plein air, se réfugièrent avec empressement dans les bâtiments. Malheureusement, ces refuges leur servirent de crématorium. C'est là qu'on les a incinérés. D'autres essayaient de vider les bâtiments le plus rapidement possible mais elles n'en eurent pas le temps.

W antre, w mouri. Ou soti, w mouri[6].

C'est un peu comique cette triste tragédie.

Certains n'ont subi aucun choc physique mais ont été retrouvés morts suite à un traumatisme. D'autres ont eu des arrêts cardiaques et des crises d'asthme, et se sont joints aux centaines de milliers de morts en signe de solidarité forcée.

---

[6] On entre, on meurt. On sort, on meurt.

23

HAÏTI DANSE

C'est comme une danse. Chacun a dansé à son propre rythme.

Solange Félix, une dame, raconta :

« J'étais sur le toit de ma maison. D'abord, j'ai entendu un bruit fort et puissant, comme la cavalerie d'une armée de valeureux guerriers. J'ai entendu des cris partout. Je pensais que c'était Jésus qui revenait des cieux pour mettre fin à la haine et à la guerre. J'ai senti les secousses. Alors j'ai commencé à crier : « Alléluia ! Alléluia ! Enfin Christ va entrer dans son règne. Mon âme exulte de joie ! ». Je n'avais pas peur, car je me sentais prête à rencontrer le Sauveur Glorieux. Mon âme languissait après cette rencontre. Malheureusement, il n'y avait aucun Jésus qui revenait des cieux.

Après les secousses, je suis descendue du toit. Quand je suis arrivée sur la cour, c'est la clôture des voisins qui s'est écroulée, et Rodely, mon mari en-dessous. J'ai vite compris que c'était une catastrophe naturelle. J'ai essayé rapidement de l'enlever sous la muraille brisée. J'ai retiré un corps sans vie. J'ai appelé à l'aide, personne n'était disponible. J'ai gardé mon sang-froid et le lendemain j'ai trouvé une morgue et on a fait les préparatifs pour ses funérailles. Je suis veuve maintenant. J'ai perdu l'homme qui jouait au piano pour me bercer. La vie continue.

On meurt à tout âge et aucun humain qui se meut sur la terre n'est immortel. L'essentiel c'est de bien vivre chaque seconde de sa vie, de faire du bien à tous, de pardonner, de tolérer et d'aimer sans cesse. »

Quels qu'aient été la classe, la position, la fonction, la race, la religion, la tendance, le sexe, l'idéologie et l'appartenance politique, personne ne fut exempt de ce cataclysme. Si on est encore en vie, ce n'est pas parce qu'on s'est battu pour le rester, encore moins parce qu'on est chanceux ; le destin l'a simplement voulu.

Le tremblement de terre a laissé derrière lui des pères hurlant après leurs filles, des mères gémissant sur le corps mort de leurs fils, des orphelins inconsolables et de nombreux autres souffrants.

Les nuits du 12, du 13 et du 14 Janvier 2010 restent parmi les nuits les plus longues de l'histoire de la génération des survivants qui ont vécu le séisme en toute conscience dans certaines zones à Port-au-Prince. Non seulement, en pleine rue, nous étions obligés de dormir à la belle étoile, pour certains à plat sur le sol, sans même un morceau de carton. Mais aussi on devait se réchauffer de son froid. C'était dur ! Ces soirs-là, des citoyens malhonnêtes terrifiaient les gens un peu partout. On ignore à quelle fin. Il était environ 23:00, quand ils ont crié, un peu partout : « *men dlo* », faisant référence à un tsunami. Tous ont couru vers les plus hauts sommets. Certains ont couru sans se fatiguer, or il n'y a pas eu de tsunami. Nous avons tant souffert, mais Dieu était là. Il nous a donné le courage de tout surmonter.

C'était la fête de la prière en Haïti ces jours-là. Catholiques, réformés, vodouisants et autres croyants, tous se réunirent dans des mouvements charismatiques, comme partageant une seule et même foi. Ils entonnaient des refrains évangéliques et criaient constamment : « *Seyè fè nou Gras, nou pa kapab ankò ! Pitye Seyè !*[7] ».

On priait pour plusieurs raisons. Le ciel était menaçant et couvert de nuages, on craignait d'être trempés. On avait peur, chaque secousse disait qu'on allait tous mourir. On craignait un séisme de plus forte magnitude ou d'une plus longue durée. Pour la majorité des haïtiens, c'était la fin du monde.

---

[7] Seigneur fais-nous grâce, nous n'en pouvons plus. Pitié Seigneur !

25

HAÏTI DANSE

Notre foi résidait seulement dans la Foi.

On a tous perdu quelqu'un, de très proche ou de très loin. Même la prison a perdu de ses détenus. On porte tous un deuil suite au séisme, consciemment ou inconsciemment.

On a entendu, on a vécu et on survit ! »

Tout au long de sa narration, des émotions se lisaient dans tout l'être de Steven. Ses pommettes tremblaient tandis que sa tête tournait, comme s'il était en train de revivre le drame. Ses lobes oculaires étaient comme immergés dans un océan. C'était dur pour lui d'expliquer. Malgré tout, il expliquait.

Amandine et son mari étaient animés d'esprit humaniste. Ce n'était pas le cas de Michaëlle. Pour elle, le séisme était une occasion de visiter Haïti et trouver un bon article pour son magazine. Tout ce que Steven disait la laissait indifférente. Pour rigoler un peu, elle demanda à Steven, sur un ton moqueur, si des bordels ne s'étaient pas effondrés. Il lui répondit dans l'affirmative et lui rapporta qu'on avait vu sous les décombres d'un hôtel un homme qui faisait un cunnilingus. Très rigolote, elle reprit :

« Et si cette femme était en train d'atteindre son orgasme ?

- Elle continue à atteindre son orgasme », répondit Ducange en riant.

Tous éclatèrent de rire.

Michaëlle, tout en regardant Amandine, demanda à Ducange ce qu'il ferait si c'était pour lui qu'on faisait une fellation et qu'au moment de la giclée, le séisme avait eu lieu. Gentiment, il répondit :

« J'éjaculerais jusqu'à ce que l'on chante un requiem en ma faveur afin de me retirer de ce doux travail pénible. »

Michaëlle ne resta pas sur cette conversation. Elle poursuivit avec ses questions.

« Steven, à part le bruit de l'écroulement des bâtiments, n'y en avait-il pas d'autres ?

- Oui. Partout on n'entendait qu'un seul mot. Devine.
- Je t'aime ?
- Je t'aime ? C'est une phrase.
- Je ne sais pas.
- Le seul mot qui fut prononcé par la grande majorité fut JÉSUS. Partout on entendit : Jésus, Jésus, Jésus, Jésus, Jésus, Jésus, Jésus, Jésus, Jésus, Jésus... »

Steven continue.

« À Port-au-Prince, la deuxième secousse aurait duré environ trente-cinq secondes. Après cela, la ville était toute blanche, des incendies un peu partout et des voitures dans l'embarras de circuler. Quelques minutes plus tard, de fortes répliques commencèrent à animer la danse. Rapidement le jour fuit et le ciel devint livide. Partout on entendit des lamentations. Des parents pleuraient leurs enfants et refusaient d'être consolés. C'était effroyable !

Les pompiers étaient impuissants. L'État était comme dysfonctionnel, jusqu'à aujourd'hui alors. Tout le monde fut engagé comme secouriste. Tout ce qui pouvait supporter le poids d'un homme ou faciliter un quelconque transport servait de civière. Sur le chemin des centres de soins médicaux, on voyait des blessés sur des portes, des planches, des lits, des chaises, des brouettes. Malheureusement beaucoup d'hôpitaux s'étaient effondrés.

Les voies publiques, les grandes cours, les places publiques, les vastes terrains publics et privés étaient bondés de gens qui voulaient trouver refuge contre le courroux de la nature. Ainsi, naquirent les camps d'hébergement du 12 janvier. Tout le monde était paniqué. Tous voulaient se retrouver en présence de leurs proches. Alors que certains ne les retrouvaient pas, d'autres les retrouvaient mais ils ne pouvaient rien faire pour les libérer là où ils étaient emprisonnés. On pouvait entendre la voix des enfants supplier leur maman incapable de les aider. Ce fut horrible !

La nature s'était déchaînée contre Haïti et contre son peuple. Elle les a fait danser la danse la plus tragique de l'année. »

« As-tu perdu des amis, demanda Ducange à Steven.

- J'ai perdu ma femme Stéphanie et deux de mes quatre joyaux.
- Après combien d'années de vie en famille ?
- 25 ans. Mon fils Montour avait 24 ans, il faisait un doctorat en bio-informatique. Jaëlle, ma fille de 21 ans, faisait une maitrise en Relations Publiques. Ils étaient venus nous voir avec quelques amis le 27 décembre. Et le 12 janvier, la terre les a tous kidnappés sans demander de rançon. Ils sont morts avec quelques amis dont Flore Tania Ostrel et sa sœur Clara Emmanuela Moïse, Esther Jacques, Junie Esther Chéry, Jameson Lindor et Schama Charles.
- Sincères condoléances !
- Merci à vous, Monsieur Damas. La mort nous fait halluciner. La souffrance nous fait imaginer. Alors que je réfléchissais sur la brutale disparition de ma femme et de mes enfants que j'aimais tendrement, j'ai vu un rideau se dérouler et j'ai assisté à la scène que voici :

« On est dans la salle du trône de l'unique palais de l'Univers. Des myriades de myriades de gens sont assises tranquillement, tous avec le visage éclatant et une joie scintillante sur les lèvres. Avec une coupe en main, ils portent une robe luisante de couleur blanche, une ceinture lumineuse et une couronne d'or pur, ornée de jaspe, de saphir, de calcédoine, d'émeraude, de sardonyx, de sardoine, de chrysolite, de béryl, de topaze, de chrysoprase, de hyacinthe et d'améthyste. Tous les flambeaux de la salle sont éteints. Cependant la salle brille aux milles éclats grâce aux vêtements lumineux que portent les assistants. La majeure partie de ceux qui sont présents avaient connu la mort un jour.

Personne ne pleure. Les décibels émis par les éclats de rire sont si puissants qu'ils ébranlent la bière. C'est un moment de retrouvailles merveilleuses. Des amis et des parents qui s'étaient séparés depuis des années se regardent dans les yeux puis se prennent dans les bras, les uns les autres. C'est aussi un moment de surprise. Bourreaux et victimes trinquent à la santé de la vie en témoignant de la puissance de la croix.

C'est l'heure de commencer. Tous sont curieux de voir le visage de la mort. Comment est-il ? Négatif… Personne n'a peur de le regarder en face. Sur ce visage, on lit en lettres majuscules le mot « ANGOISSE ». La mort est angoissée car on va l'inhumer. Elle n'a aucun recours. Son messager est déjà au passé.

Au signal de La Lumière et des chantres de la résurrection, le Célébrant prend place sur le fauteuil central et entretient l'assistance en ses mots :

« Filles et Fils de la nouvelle génération, de la génération qui a participé aux noces de l'Époux et de l'Agneau. Nous sommes parvenus à un moment tant attendu par des mères qui ont gémi sur la tombe de leurs enfants, par des orphelins qui ont hurlé constamment : « je veux mes parents », par des pères qui ont crié : « donnez-moi mon enfant ou enterrez-moi avec lui », par des parents qui ont larmoyé pour leurs bien-aimés, par des amis qui ont souffert jusqu'aux os, par des conjoints qui ont vu vide le lit du mariage car l'autre moitié dormait dans un cercueil, par des myriades d'êtres qui ont rêvé de la vie sans la mort et les larmes.

Moi aussi, j'attendais ce jour, car j'avais promis d'essuyer toute larme des yeux. J'avais garanti que la mort ne sera plus pour tous ceux qui ont été blanchis dans le Sang de l'Agneau. Ceci témoigne combien je vous aime et je ne suis pas un Être pour mentir.

Je tiens également à vous dire que j'ai regardé pleurer chacun de vous. J'ai pleuré avec vous. J'ai pleuré sur vous. Et, j'ai consolé plusieurs d'entre vous, en faisant de moi l'être que vous aviez perdu un jour, soit dans la vie, soit dans la mort. Moi, l'Auteur et le Propriétaire de la Vie, j'ai un jour connu la mort. Un jour, l'amour m'avait obligé à mourir. Cependant, la mort ne pouvait pas me contenir. Après trois jours, les anges qui étaient venus vous prendre avec moi ont sonné le cor et la trompette pour chanter en mon honneur : « ! Gloire à toi ! Gloire à toi ! Gloire à toi ! ». Que c'était merveilleux d'entendre ces symphonies !

Beaucoup d'entre vous ont connu la mort, mais vous l'avez vaincu en faisant alliance avec moi par le sacrifice. À plusieurs reprises j'ai vu la mort entrer dans vos maisons, pour vous voler votre amour à vous. Je l'ai vue tuer vos fils, vos filles, vos parents, vos conjoints, vos pères, vos mères, vos amis, vos collègues et vos connaissances. Dans les ajoupas, les maisons, les baraques, les maisonnettes, les chaumières, les masures, les cases, les paillots, les fermes, les huttes, les palais, les châteaux, les palaces, les villas, les manoirs, les gentilhommières, les châles, les bungalows, les pavillons, les bâtisses, les prisons, les hôpitaux, les déserts... elle était toujours là pour semer la terreur et pour déchiqueter des cœurs. La cruelle ! Elle exerçait son pouvoir de l'Orient à l'Occident et du Midi au Septentrion.

Pour vous atteindre, elle a eu à son service des fléaux : la maladie, des actes de violence, des virus, des génocides, la guerre, le mensonge, le mal, etc. Sourde a-t-elle été aux cris de ses victimes. Elle pensait être la seule maîtresse de la terre et du monde. À elle seule, elle a détruit des myriades de vies. Aujourd'hui, la voilà impuissante et immobile pour vous qui êtes rachetés de la terre.

En ce jour où des hommes de toute nation, de toute tribu, de toute langue et de tout peuple, sont assemblés dans la salle du trône, avec l'Ancien des jours, les vingt-quatre vieillards et les quatre Êtres vivants ; en présence de l'Esprit et des représentants de l'Univers tout entier je déclare morte la Mort. Ainsi donc, personne n'aura à mourir. À jamais, la mort est anéantie. Qu'on apporte le Livre de Vie, et qu'à jamais le nom de la Mort y soit rayé et qu'on oublie son existence. Vive la Vie Éternelle ! »

Au même instant, la Mort expire et meurt. La vie redevient comme avant. Sans tarder, la foule des vainqueurs, les anges, les archanges, les chérubins, en présence de l'Agneau, prennent la dépouille de la Mort et l'inhument hors de l'Univers. Ils scellent l'entrée de la tombe avec l'épitaphe portant cette inscription : CI-GÎT LA MORT ! »

- Grande capacité d'imagination, lui dit Ducange ! On ne peut pas trop se demander pourquoi. Une seule réponse à ces pourquoi : c'est ainsi arrivé.
- Même dans cet évènement malheureux, il y a de quoi nous faire rire. Je vais vous raconter deux faits. En temps normal, ce sont des bâtards, des gueux, des indigents et des va-nu-pieds qui habitent nos places publiques. Quelques jours après le séisme, ces gens-là

réclamèrent justice et défendirent leur droit de propriété. Toute la population avait envahi leur territoire. La population cherchait abri chez les sans-abri. Ils se moquèrent des gens, leur disant que Dieu avait inversé l'ordre social. C'était toute une comédie. Une deuxième blague : à la tombée de la nuit, des hommes et des animaux s'affrontent pour pouvoir trouver un espace pour faire le lit. »

Ils rirent à tue-tête quand Steven partagea ces faits avec eux.

Le stade, construit, il y a près d'une cinquantaine d'années, n'a pas été soustrait aux secousses sismiques. Malgré cela, il y avait beaucoup de tentes sur toute sa cour. Depuis le soir du 12 janvier, il était occupé par les riverains. À l'image du Champ-de-Mars : toutes sortes de tentes, des batteries de cuisine étalées au sol, des enfants qui crient de faim, des petits groupes un peu partout, des services de prières œcuméniques et interreligieux, des discussions sur le drame, des témoignages pathétiques de certains survivants, des expériences d'une longue et pénible journée…

Près du stade, le cimetière de Port-au-Prince. Il avait aussi enregistré des pertes. À côté de l'écroulement de plusieurs de ses nombreux caveaux, sa chapelle bleue et blanche, Notre Dame des sept Douleurs, avait été détruite.

La belle pelouse verte du stade faisait office de lit pour des milliers de sans-abri qui n'avaient pas réussi à sauver ne serait-ce qu'un drap. Comme des pèlerins en route vers la Mecque, chaque soir, des milliers de survivants se tournaient vers le stade en vue de trouver du repos pour leur nez ivre de l'odeur de leurs sœurs et frères dont le corps sans vie restait exposé au soleil, pour leur âme lassée de mauvaises nouvelles et d'émotions, et pour leur corps constamment agité par les secousses. Là, ils trouvèrent d'autres amis qui, eux aussi, ont perdu des   proches. Ils s'exprimaient un peu pour essayer d'amortir les conséquences de ce coup dur que la nature leur a porté, en leur enlevant sans aucune forme de négociation, les fruits de plusieurs années, soit un bien meuble, un collègue, un ami, un parent, un enfant ou un amour.

Amandine, Ducange et Michaëlle, avec l'aide de Steven, dressèrent leur tente sur la pelouse et se reposèrent après s'être baignés à la manière des haïtiens dans le camp. Personne n'avait remarqué qu'il y avait des étrangers sur le site. Vers 17:00, ils sortirent de leur tente pour visiter le camp. Ils aperçurent une demoiselle très sombre. Ils s'approchèrent d'elle. Et Amandine lui parla la première.

« Bonsoir demoiselle, je suis Amandine, lui c'est Ducange, mon mari ; elle, c'est Michaëlle, une très grande amie.

- Ravie de vous connaître ! Mon nom est Rachel Jacques, étudiante à l'Université d'État d'Haïti.
- Rachel ! Nous sommes désolés pour votre peuple !
- Merci. Vous n'êtes pas haïtiens ?
- Non, nous vivons en Afrique. Nous sommes arrivés en Haïti aujourd'hui.
- Quelle organisation ?
- Nous ne sommes pas une organisation. Votre famille ?
- Ne parlons pas d'eux.
- Ça va. Je comprends…
- Ils sont tous morts.
- Vous viviez avec eux ? lui demanda Michaëlle.
- On était une famille unie. On s'aimait tendrement. J'avais le père le plus soucieux au monde, la mère la plus débrouillarde et la plus tendre. Mes sœurs, mes frères, mon copain, on s'aimait. Le ciel a jugé bon qu'ils périssent.

- Vous êtes ferme ! continua Michaëlle.
- Premièrement, c'est la volonté de Dieu. Elle ne peut être contestée. Deuxièmement, je me résigne. Pleurer, qui va me consoler ? Je vais pleurer, puis avoir des migraines, et personne pour m'assister ? Les pleurs sont des moyens de libération, mais ils ne peuvent rien résoudre. Je préfère changer ma conception de la mort. Je crois en la puissance de la résurrection qui peut reconstituer l'ossature du corps humain, régénérer la chair et ses composantes, et souffler dans les narines de mes bien-aimés disparus un souffle de vie afin qu'ils reviennent à la vie.
- Quelle foi jeune fille ! Je ne crois plus en ces pipis de chat. Je ne veux plus y croire, lui dit Michaëlle avec sa cigarette entre ses doigts.
- Comme vous voulez. Je ne suis pas contre. Tout ce que je puisse dire, c'est que Dieu a agi selon sa sagesse et sa bienveillance. Personne ne doit remettre en question son agir. C'est un Dieu d'Amour. Les voies de Dieu sont impénétrables.
- Vous savez Rachel ? Votre dieu d'amour aurait pu épargner votre famille, répondit Michaëlle.
- Michaëlle, Dieu a toujours raison et rien n'est fait sans sa volonté. D'ailleurs, il n'a jamais dit que nos proches ne mourraient pas. Six oncles, deux tantes, dix-sept cousins et cousines, ils tous sont morts. J'ai foi en la résurrection. Je sais que je les verrai au second retour de Celui qui était, qui est et qui vient.
- Qui est-il, celui-là ? lui demanda Michaëlle avec un sourire.
- JÉSUS !
- Un mot en plusieurs temps et plusieurs verbes. J'ai entendu parler de ce mec. Il faut avouer que je l'ai aimé une fois. Je ne sais même pas s'il existe encore.
- Principe du libre arbitre, lui répondit Rachel. »

La jupe jeans très sale de la demoiselle, son maillot décolleté rose qui laisse voir son bas ventre et sans soutien-gorge, ses deux sandales de sens droit, qui font paire à ses pieds, ses ongles aussi longs et aussi sales que ses cheveux tressés en « *ti kouri* », la blancheur de ses lèvres traduisant une faim de loup, la pâleur de son visage reflétant une profonde tristesse, son regard appétissant sur les bonbons des marchandes, disent qu'elle est vraiment une survivante qui subsiste dans des conditions difficiles.

Ducange se mit à dialoguer avec la demoiselle :

« Où étais-tu lors de la première secousse ?

- J'étais en cours, à l'Université. Je ne savais pas si c'était un tremblement de terre, je pensais que c'étaient des êtres armés.
- Des êtres armés ?
- Oui, quand nous manifestons et revendiquons nos droits à la manière dont les autorités du pays peuvent nous comprendre, une fois que l'ordre leur a été aboyé, des êtres armés viennent nous lancer des gaz lacrymogènes et nous matraquer.
- J'ai vécu en Haïti pendant trois ans. Je pense qu'on vous matraque parfois parce qu'il arrive à certains d'entre vous de mettre à feu les biens de la population et troubler l'ordre et la paix publique.
- Je ne pense pas que votre opinion soit fondée.
- Peut-être oui, peut-être non. Ce jour-là vous revendiquiez vos droits ?
- Non. On allait le faire. Un professeur avait été tué. Ce digne fils de la nation et promoteur de la langue maternelle, surtout dans les travaux académiques, plaidait, entre autres, la cause du salaire minimum, avant qu'un député en fasse l'écho au Parlement.
- Qui l'a tué ?

- Je ne sais pas. Des tueurs.
- Et pourquoi ?
- Je ne sais pas.
- Ok.
- Nous étudiants, tout ce que nous voulons, c'est le changement. Est-ce pourquoi nous organisons souvent des mouvements de protestation.
- De grâce, n'appelez pas mouvements de protestation les actes de brigandage et de pyromanie.
- Nous, pyromanes ? Pourquoi on n'ouvre pas des enquêtes pour nous poursuivre en justice et nous punir ? J'admets qu'il peut y avoir de l'exagération dans le comportement d'une minorité d'étudiants, mais ce n'est pas une raison de réduire tous les étudiants en brigands et en pyromanes.
- Je n'ai pas dit que vous êtes ni brigands ni pyromanes. Comment l'oserais-je ? »

Ils continuèrent à parler de la situation des étudiants et de leur contribution dans le développement de plusieurs secteurs du pays. Rachel leur a aussi appris qu'ils n'ont aucun campus universitaire.

Le soir venu, ils achetèrent chacun une pâte alimentaire et un soda. Rachel ne voulait rien manger. Quand ils la questionnèrent, elle les fit savoir qu'elle avait laissé sa part pour la séparer avec ceux qui l'abritent sous leur tente. Depuis vingt-quatre heures, personne n'avait rien mis sous la dent.

- Combien de personnes habitent la tente pour qu'on puisse en acheter pour eux ? lui demanda Michaëlle.
- On est quinze. Mais, au lieu d'en acheter quinze, il serait préférable de leur donner l'argent. Ils sauront comment le gérer. Il leur fera plusieurs repas, lui assura Rachel.

Les nouvelles connaissances de Rachel lui furent bienfaisantes. Elle gagna deux cents dollars et des personnes avec qui elle put partager ses peines, ses chagrins et ses frustrations sur le vécu misérable d'une grande partie de la population haïtienne, ainsi que certaines informations sur le mode de fonctionnement de la machine administrative de l'État.

Voyant Rachel avec un plat, Irlet, le fils aîné de la voisine, alla le rapporter à sa maman.

> - *Manman ! Demen si Dye vle si w ta jwenn kòb pou w kuit manje, pa bay Rachel anyen tande. Mwen wè l ak vwazen yo, chak moun gen yon pla nan men yo. Li pa menm sonje si n pa manje anyen depi yè.*
> - *Si se konsa l aji, li p ap dòmi la aswè a. Lawouze ap tonbe anwo l. Li san konsyans twòp. Ti vèmin sa[8] !*

Après leur longue conversation, Rachel et les étrangers s'embrassèrent, et retournèrent sous leurs tentes.

Quand Rachel allait entrer sous la tente où on lui donnait « *ladesant[9]* », l'accès lui fut refusé.

> - *Ou p ap dòmi anba tant sa a aswè a. Ti bèf ! Ou pa konsyan tout sakrifis m fè pou m ba w yon bagay pou w tifle. Pou pi piti, chak twa jou w manje yon bagay.*
> - *Tande vwazin...*
> - *Tande kisa ? Sa w fout gen pou w di m ? Egoyis ! Manman way.*

---

[8] - Maman ! Si demain tu aurais trouvé de l'argent pour cuire quelque chose, ne donne rien à Rachel. Je la vois avec les voisins, chacun avec un plat. Elle ne se rappelle pas si nous n'avons rien mis sous la dent depuis hier.
  - Si c'est ainsi qu'elle agit, elle ne dormira pas ici ce soir. Elle se couvrira avec la rosée. Elle est sans conscience. Cette vermine.
[9] Hébergement gratuit

- Se kont atò ! Mwen pa vle tande pawòl piman bouk sa yo ankò. Fòk ou tande m tou. Papa m, manman m, frè m yo, sè m yo, yo tout mouri...
- Se pa mwen ki touye yo. Sa pa gade m...
- Manman, non ! dit Irlet.
- Se pa ou menm ki te vin di m Rachel ap manje pou kont li ak vwazen yo ? lui rétorqua-t-elle.
- Pa bay tèt nou pwoblèm. M pa menm goute ladan menm. M vin ak tout. Louvri pòt la pou mwen. Kite m antre epi n a manje ansanm[10] », leur dit Rachel avec mépris.

À ces mots, Hude, la maman, lui ouvrit la porte. Elle lui remit trente dollars et garda le reste à ses fins personnelles. Le soir même, ils achetèrent du « *wayal* » qu'ils mangèrent avec une solution d'eau sucrée. Puis, ils séparèrent le spaghetti. Un souper qui leur coûta trois dollars.

Le cœur d'Amandine fût vivement touché en écoutant l'orpheline. Elle fixa droit Ducange avec des yeux de merlan frit. Elle pensait qu'il allait commenter la situation des étudiants haïtiens en Haïti.

- Tu ne dormiras pas sous cette tente ce soir. Ingrate ! Tu n'as pas conscience des sacrifices que je consens pour te trouver quelque chose à manger. Au moins, chaque trois jours, parfois, tu prends un repas.
- Écoute voisine...
- Écouter quoi ? Qu'as-tu à me dire ? Égoïste, salope !
- Ça suffit maintenant. Je ne veux plus entendre ces mots durs. Il faut que tu m'écoutes. Mon père, ma mère, mes frères et sœurs, tous sont morts...
- Ce n'est pas moi qui les ai tués. Je m'en fous.
- Maman non !
- N'est-ce pas toi qui es venu me dire que Rachel mange seule avec les voisins ?
- Ne vous en faites pas. Je n'ai rien goûté. J'ai tout ramené. Ouvrez-moi la porte. Laissez-moi entrer et nous mangerons ensemble.

- Je ne suis pas Haïtien. Qu'ils fassent ce qu'ils veulent de leur peuple. D'ailleurs c'est le peuple qui a élu ces renégats, leur rappela Ducange.
- Tu dis que tu aimes les haïtiens et tu parles de cette manière. C'est quoi aimer ? lui demanda Amandine avec colère.

Michaëlle était là, elle leur demanda d'entamer une autre conversation. Amandine commença à hausser le ton et ne voulut pas se taire.

« Non ! Vous trouvez que c'est normal, tout près d'un hôpital, des hommes qui sont là pour maintenir la paix lançant des gaz toxiques ? Sans doute, beaucoup de bébés se sont asphyxiés ce jour-là. Le pire c'est qu'on ne les a même pas traînés devant les tribunaux.

- Les traîner devant les tribunaux ? À quelle fin ? répliqua Ducange. Pour obtenir justice ? La justice, c'est de l'argent. Qui fera justice à ces pauvres haïtiens qui vivent de la crasse dans la crasse, et qui maintenant, mangent de la poussière ? Tu ne vois pas que tu parles comme n'ayant plus le sens du jugement ?
- Je suis saine d'esprit. Je dis ce qui est vrai, ce qui est juste…
- Mais qui n'est pas logique, reprit Ducange. Tu ne constates pas que c'est l'anarchie et la démagogie un peu partout en Haïti. Soyons réalistes, cent-quatre-vingt-dix-sept millions de dollars sont détournés, combien d'arrestations dans cette affaire ? Ceux qui incendient les biens de la population lors des manifestations, on les fait quoi ?
- Ducange a bien raison, dit Michaëlle. De l'argent et de la notoriété, c'est de tout ce dont on a besoin dans ce pays pour être à l'abri de certaines choses.

- Non ! rétorqua Amandine. Même quand tout le monde aurait de l'argent et de la notoriété, Haïti semble avoir un problème d'Hommes.
- Alors, chérie, lui répondit Ducange, tu prétends qu'il n'y aurait pas d'Hommes en Haïti ?
- Je ne le dis pas, reprit Amandine, je veux parler d'Hommes, d'Hommes de caractère qui appellent un chat un chat. Haïti est en nécessité de ces Hommes.
- En fin de compte, conclut Michaëlle, c'est le monde entier qui est nécessiteux en ce sens. »

Après cette déclaration de Michaëlle, ils mirent fin à leur conversation et s'allongèrent.

Il était 05:09 quand Ducange alla jeter le pot de nuit à quelques pas de la pelouse du stade. Il prit le soin de le rincer pendant que Michaëlle et Amandine faisaient le petit service. Après quoi, ils prirent une carte touristique, et appelèrent Steven pour les conduire dans le Sud du pays en direction du Musée des Caciquats et d'une plage.

Les rayons du beau soleil se reflétant dans les eaux salées à température en-dessus de la normale ; le doux vent des monocotylédones d'origine tropicale à feuilles découpées, disposées en bouquets au sommet du tronc ; l'eau extrêmement sucrée des gros et beaux cocos d'Haïti ; le jus des roseaux sucrés ; la cuisine créole de friture, la viande dans une sauce abondante, les choux coupés en morceaux, les *tassots* de cabri, les maurelles tubéreuses frites en fines lamelles, les bananes pesées puis frites dans la graisse ; les canoës peints selon les croyances de leurs constructeurs ou de leurs propriétaires ; les vagues de la mer ; l'animation musicale des DJs… tout suscitait chez ces dizaines d'étrangers l'envie de passer plus d'une journée dans cette grande étendue d'eau salée.

Tout au long de la route, Steven a pu découvrir que la couverture forestière n'avait pas cessé de décroître. Les endroits où il y avait de belles forêts étaient devenues comme le Sahara. Mais il n'osait en parler aux étrangers. Il pensa que le peuple Haïtien ainsi que l'État n'ont pas pris des mesures drastiques afin d'éviter la déforestation. Selon lui, l'État pourrait faire des partenariats ouverts avec d'autres pays pour reboiser les mornes surtout avec des arbres fruitiers desquels il vendra les fruits en exclusivité à ces pays ; en même temps, subventionner le kérosène pour les ménages et par ainsi éliminer l'utilisation du charbon de bois ; interdire la diffusion de toute publicité pouvant nuire implicitement ou explicitement à l'environnement végétal ; interdire l'utilisation du bois comme source d'énergie dans les entreprises de service telles que les *dry cleaning* et les boulangeries. Il pensa aussi que l'État et la population devaient veiller scrupuleusement sur la flore et réglementer la chasse ainsi que la coupe des arbres.

Sur la plage, Ducange eut ce qui lui avait été refusé chez lui, le soir de leur recherche. Michaëlle qui n'avait pas de compagnon de bain invita Steven à l'accompagner. Les relations sexuelles ne manquaient pas sur cette plage. Les secouristes touristes furent nombreux. Beaucoup profitèrent pleinement de ce lieu qu'ils n'auront probablement pas l'occasion de visiter une prochaine fois. Pour nombre de couples jouissant de la plage, la principale préoccupation était le sommet du plaisir sexuel de leur partenaire.

Devant toutes ces scènes sexuelles et face au charme du corps de sa compagne dans un string noir, l'érection du veuf ne lui manquait pas. Steven s'excusa, se rendit dans la voiture et revint avec deux préservatifs et un lubrifiant à base d'eau qu'il présenta à Michaëlle. Avec beaucoup de délicatesse, Michaëlle prit un préservatif et l'enfila dans le beau bois très dur de Steven avec ces mots :

HAÏTI DANSE

« Va trouver ta mère pour qu'elle te fasse jaillir.

- Ma mère ?
- Tu lui diras que tu étais sur une plage avec ta patronne, et tu as voulu...
- Je te prie de m'excuser.
- Tu n'as pas à t'excuser. C'est ce que tu as reçu comme éducation.
- C'est une question d'habitude.
- Ah ! habitude !
- Généralement, si ce n'est pas un parent qui m'invite à en mer, c'est toujours quelqu'un qui veut de ma queue.
- Je ne t'ai pas invité parce que je veux de ta queue. Pourtant, ça ne va pas empêcher la satisfaction de ton désir. Je vais te retirer le préservatif.
- Je peux m'en passer.
- C'est comme tu veux. »

Steven lui sauta dessus. Là-dessus, ils commencèrent à se caresser. Ils passèrent une journée entière sur la plage.

Vers 17:00, la fête était finie. Tous les quatre étaient complètement satisfaits. Ils prirent plaisir à faire des explorations. Puis, ils reprirent le chemin du camp. L'aller était chic, sans choc. Le retour s'annonçait pénible.

Ils étaient à vingt-huit kilomètres de la plage quand un pneu de leur voiture éclata. Ce qui rallongea leur voyage d'une heure de plus. Les inquiétudes se multiplièrent de toute part. Ils se plaignaient beaucoup de cette panne, mais Steven seul avait le dernier mot. Finalement, ses manœuvres leur permirent de reprendre la route. Ils étaient seuls dans les rues assombries. Chaque aboiement exaspérait considérablement leur peur.

Après avoir parcouru des dizaines de kilomètres, ils arrivèrent enfin à la capitale de décombres. Comme des joueurs gagnant aux jeux de compétition, ces étrangers ne manquèrent pas d'exprimer la joie qui leur étreignait le cœur quand ils purent à peine lire, dans une grande obscurité, les lettres du panneau indiquant aux pèlerins : *Bienvenue à Port-au-Prince* !

« Michaëlle, Steven, Amandine, dit Ducange, enfin on est à Port-au-Prince. Après ce long trajet, nous allons enfin nous reposer.

- Et c'est moi qui ai pu lire la première les lettres du panneau, répondit Amandine.
- Alors ma chère épouse, considérant que c'est toi qui as pu lire la première les lettres du panneau, donc c'est toi seule qui es à Port-au-Prince, c'est toi seule qui vas te reposer tandis que nous sommes encore sur la plage à attendre la reine des eaux pour une conférence de Presse sur notre présence en Haïti ?
- Cra cra cra cra cra ! s'esclaffa Steven. En Haïti, nous appelons *Simbi* la maitresse des eaux. Dans les contes d'autres contrées on l'appelle *La Sirène.* Dans les mythologies grecque et romaine, Poséidon et Neptune sont les dieux de la mer.
- Tu es très cultivé ! lui dit Michaëlle. Ton formation ?
- J'étais codirecteur adjoint d'une entreprise qui s'est effondrée avec tout le personnel le 12 janvier. Ce jour-là, j'étais à négocier une affaire avec une entreprise étrangère qui voulait de nos services. Je suis sauvé de parce que l'hôtel où se déroulait la réunion ne s'est pas effondré. Maintenant, je conduis pour des étrangers en attendant que je trouve un autre moyen de recommencer. J'ai une maîtrise en sciences administratives, une licence en spéléologie, un diplôme en interprétariat trilingue et un certificat en veuvage.
- Et, demanda Michaëlle en regardant Amandine, qu'est-ce que ça te dit si je déchire ce certificat ? Réponds maintenant. »

Les rires d'Amandine n'étaient pas enchaînés. Elle riait à tue-tête. Entre-temps la voiture roulait à toute vitesse sous les mains sauvages de Steven qui évitait remarquablement les bouches d'égout et les rues pleines de mètres cubes de décombres, afin de ne pas faire de trajets qui s'écartent du plus court chemin. Les feux de signalisation dysfonctionnels leur furent très favorables. À chaque carrefour, un simple regard en direction des phares de la voiture leur disait s'ils devaient y voir un feu rouge, jaune ou vert.

L'une des principales préoccupations de Steven était de ne pas briser les murailles de pneus, de morceaux de bois et de décombres, de candélabres, de vieux sceaux, etc. des camps, partout dressés dans la ville. Beaucoup dormaient à la belle étoile, à la volonté de la dame Pluie et du sieur Vent. Les flammes s'élevaient partout dans les limites du voisinage des camps, juste pour lutter contre le froid, chasser les moustiques et les « *mouch pèpè.* »

La question de l'étrangère mit l'Haïtien dans l'embarras. Le suspens était en vedette. Après des minutes de réflexion, la réponse ne fut ni oui, ni non :

« Je ne sais pas.

- Tu dois savoir Stevy. On est adulte, non ?
- Tu sais Madame…
- Appelle-moi Michaëlle.
- Le choix d'un conjoint est parmi les choix les plus difficiles à faire dans la vie. Choisir de cohabiter avec quelqu'un, de lui donner son être entier c'est… pas une mince affaire. En plus je dois avoir l'avis de mes deux autres enfants, Sébastien et June Camille.
- Mais tu sais…
- Non, je ne sais rien. »

Ducange qui gardait tout son calme et qui voulait jouer le spectateur ne pouvait pas se taire devant les drôles de répliques du chauffeur. Il intervint dans la conversation :

« Micha ? Le moment est vraiment mal choisi.

- Ainsi que le lieu, continua Steven.
- Ainsi que la personne, rétorqua Michaëlle.
- Ainsi que le contexte, conclut Amandine. »

Voir dans un panneau : *« Bienvenue à Port-au-Prince ! »* n'était rien, l'important était d'investir le stade. À Port-au-Prince, les crevasses dans les rues, les carcasses des voitures, les personnes corps morts dans les rues encombrées, tout les retardait davantage. Quand même ils devaient rentrer sous leur tente. Harassement pour Amandine, refus pour Michaëlle, demande pour Steven, amusements pour Ducange, mais, plaisirs pour tous : tel fut le bilan dressé vers 22:57 dans la voiture pendant qu'ils étaient à quelques mètres du stade.

Dans ce camp c'est différent. Les sinistrés sont sécurisés par le service de sécurité du stade. Ces agents, avec leur maillot bleu foncé et leur pantalon bleu marin, une grande botte, une matricule d'identification à leur cou, un ceinturon noir à leur ceinture, montaient la garde au stade chaque soir, avec un bâton et un fusil de calibre 12. Constamment ils vérifiaient si quelque chose n'allait pas ou si quelqu'un fumait sur la pelouse synthétique du stade. Entre autres mesures sécuritaires prises, ils exigèrent que toutes les entrées du stade soient fermées exactement à 21:00. Passée cette heure, on doit chercher refuge ailleurs.

Quand ils arrivèrent au camp, ils frappèrent avec un caillou. Ils frappèrent assidument, mais il n'y eut personne pour les répondre. Ils prirent une pierre et frappèrent à nouveau. Après treize coups, ils décidèrent de klaxonner. Sous l'ordre de Chémaly, le chef du camp, les agents de sécurité apparurent, ils ouvrirent le portail. Ils les questionnèrent sur leur retard de deux heures. Après une *poignée de main,* les agents les laissèrent entrer.

Alors que Steven se rendit dans son asile, les trois se reposèrent tranquillement et attendirent l'aube. Le cri de la ville sous une secousse de magnitude 5.2 de sept secondes les réveilla de leur sommeil de mort. Il était 02:45.

3

HAÏTI DANSE

Pendant plusieurs jours, Amandine, Ducange et Michaëlle, avec leur chauffeur guide et ami, Steven, visitèrent les camps d'abri provisoire. Ils y distribuèrent discrètement des enveloppes aux sinistrés. Ils offrirent une assistance financière à tous ceux qu'ils croisaient en chemin et qui semblaient être nécessiteux. Ils n'ont pas l'air d'être des étrangers. Simplement, ils ressemblent à des sinistrés aisés.

Un samedi après-midi, pendant qu'ils faisaient leur travail, ils arrivèrent au Champ-de-Mars. Là, ils rencontrèrent une dame très splendide. Elle avait une coiffure exceptionnelle. Dans sa chevelure d'ébène, il y avait des fleurettes de couleur grise. Elle portait un tailleur noir, un chemisier lavande et une paire de chaussures mauve aux pieds. La dame a de très beaux sourcils. Sur ses paupières, il y avait une légère couche de fard gris. De la poudre sur les joues, et une fine coloration mauve sur les lèvres. Ses seins sont bien ronds et ses ongles, bien taillés, avec une couche de vernis mauve. Elle avait l'apparence de ne pas être sinistrée. Elle attira l'attention de Ducange, de sa femme et de Michaëlle sans s'en rendre compte.

Ducange leur dit qu'il allait lui parler. À peine fit-il quelques pas vers elle, il inhala l'odeur agréable du parfum qu'elle portait.

- Bonsoir Madame !
- Cher Monsieur ! Bonsoir ! lui répondit-elle.
- Vous m'impressionnez beaucoup. Non seulement par votre beauté, votre accoutrement mais aussi par l'odeur de votre parfum.
- Ah oui ! J'ai acheté ce parfum en Belgique, en 2008.
- Vous êtes splendide !
- Merci. Mais voyons, vous également !
- Vous le dites. Je ne vous contredis pas.
- On ne contredit pas une femme (ils sourient).

- Dites donc, vous n'êtes pas sinistrée vous ?
- Mauvais angle d'attaque pour une première rencontre.
- Désolé ! Je ne suis pas trop habile.
- J'ai été aux funérailles de la seule qui me restait, Lencie, ma petite sœur. Elle est morte à l'hôpital suite à une amputation.
- Je partage votre douleur.
- Sans blague !
- Je suis Jean Ducange Damas !
- Moi, Élitane ! Une femme en souffrance.
- Je ne le crois pas.
- La volonté est l'un des droits les plus sacrés de l'être humain. Vous avez « volonté de » et « volonté de ne pas ».
- Faisons connaissance un peu.
- C'est ce qu'on fait là, non ?
- Euh, disons, parlez-moi un peu de votre vécu.
- De ma vie ?
- Oui, de votre vie.
- Ah ! Ce sont les vivants qui peuvent parler de leur vie.
- Les vivants qui peuvent parler de leur vie, et ?
- Ne me dites pas que vous ne voyez pas à qui vous parlez.
- Quoi ?
- Je suis déjà morte. Je suis en route pour l'Afrique.

À ces mots, tout le sang de Ducange se glaça. Il se croyait être en présence d'un zombi. Rapidement, il tira de sa poche un chapelet et commença à implorer le secours de l'Immaculée Conception.

« *Je vous salue, Marie pleine de grâce...* »

Alors que Ducange, tout tremblant, ouvrit la bouche pour réciter la première phrase de l'Ave Maria, Élitane commença à chanter ce texte dans une autre langue.

HAÏTI DANSE

« Ave Maria, gratia plena,
Dominus tecum,
benedicta tu in mulieribus,
et benedictus fructus ventris tui Jesus.
Sancta Maria mater Dei,
ora pro nobis peccatoribus,
nunc, et in hora mortis nostrae.
Amen. [11] *»*

La voix d'Élitane fût si mélodieuse que Ducange, malgré lui, n'eut plus l'impression, d'être en face d'un zombi. Le chapelet lui tomba d'entre les doigts, et il se détacha du monde sensible.

Les voix des marchands ambulants, le klaxon des voitures, des motocyclettes et des bicyclettes, les cris de faim des enfants, les pas passants, les mots passants… rien ne put le ramener au monde sensible. Son être s'est transcendé par la sublime voix de la dame qui chantait cette prière sous la partition de Bach Johann Sebastian. Dans ses variations vocales, on pouvait entendre un violoncelle solo et un piano accompagné d'un orchestre conducteur.

C'est quand elle dit l'Amen que Ducange revint au monde sensible. Tout effrayé, il prit son chapelet et voulut crier au secours. C'est alors que la dame lui dit :

- N'ayez pas peur ! Je suis une personne normale dont la vie a été volée.

---

[11] « Je vous salue, Marie pleine de grâce ;
Le Seigneur est avec vous.
Vous êtes bénie d'entre toutes les femmes,
Et Jésus, le fruit de vos entrailles, est béni.
Sainte Marie, Mère de Dieu,
Priez pour nous, pauvres pécheurs,
Maintenant, et à l'heure de notre mort.
Amen. »

- Que vous est-il arrivé ?
- Des choses horribles.
- Dites-moi.
- Il n'y a rien de plus fielleux dans une vie que quand le jour et la nuit s'entremêlent, les quatre saisons ne fassent qu'un, le ciel et la terre soient à même niveau, et les couleurs soient les mêmes, toutes les directions ne mènent qu'au même endroit, et l'amer et le doux n'aient qu'un seul goût, l'homme perde ses repères dans l'univers et soit seul au milieu d'une foule innombrable.

Ils continuèrent à se parler.

Amandine qui revenait de visiter le camp avec Michaëlle et Steven, voit encore Ducange parler à Élitane. Elle s'approcha et questionna Élitane au sujet de leur conversation.

Élitane se sentit insultée. Elle lui dit :

- Ne vous en faites pas Madame. Je ne suis pas en train de vous prendre votre mari.
- C'est la petite formule.
- Il faut quand-même que vous mordiez les gens ? Vous ne pouvez pas parler à vos autres sans les piquer avec votre langue ? Quand vous aurez perdu un être cher vous comprendrez qu'une vie ne pourra jamais remplacer une autre. Votre mari ne peut remplacer ni mon mari ni mes trois fils.
- Désolée, j'ai exagéré ! Mon nom est Amandine Saint Martin. Je suis femme et mère, je peux comprendre.
- Moi, Élitane ! Je fus femme, épouse et mère.
- Vous...
- Oui, j'ai perdu un mari. J'ai perdu un fils. J'ai perdu un autre fils. J'ai perdu encore un fils.
- Vous êtes forte, Madame.
- La joie du Seigneur est notre rempart.

HAÏTI DANSE

Ils étaient assis devant le Musée du Panthéon National.

Pendant qu'Élitane leur parlait, Michaëlle lui tendit une cigarette et un briquet. D'un geste de la main, elle les refusa. Elle prit une gorgée d'eau, respira profondément puis commença à raconter son histoire sous la forme d'un monologue.

« Je suis la première d'une famille monoparentale de sept enfants. Ma mère était une « *madan sara* ». Elle n'avait pas le temps pour les tâches ménagères. La majeure partie de son temps, c'était pour les voyages dans les provinces pour acheter des produits agricoles pour, ensuite, les revendre.

À l'âge de douze ans, je jouais déjà le rôle de cheffe de ménage car en l'absence de maman, tout était à ma charge. Je venais à peine d'avoir quinze ans quand elle fut atteinte de la tuberculose. Elle n'a pas survécu. Ma tante, Man Pétuel, sa coéquipière, malgré les douze enfants qu'elle avait sous sa responsabilité, nous a accueillis chez elle. Dix mois plus tard, elle connut le même sort que maman.

Son mari n'avait pas les moyens de répondre aux besoins d'enfants qui n'étaient pas siens. Il nous a renvoyés chez nous. Je ne voulais pas que mes sœurs et frères qui ne pouvaient plus aller à l'école connussent la domesticité. Trop souvent, la condition des enfants en domesticité donne à pleurer. Parfois, les petites domestiques sont violées par les fils et le mari de leur maîtresse, pour être ensuite jetées dans la rue quand elles deviennent enceintes ou quand elles décident de ne plus se faire abuser.

Je devais prendre soin de mon sang. Le mari de ma tante me fit trouver un travail de femme de ménage chez une famille très aisée, là où il était garçon de cour.

Le plus jeune fils, Max Guybert Lyron, tomba sous le charme de la fille de paysanne que j'étais. Je l'aimais fort bien. Mais je pensais que nous ne pourrions jamais être ensemble. Notre culture, nos valeurs, notre éducation, notre manière de penser, entre autres, sont tant de barrières lui dis-je. Il considérait mes arguments comme des clichés. En toute sincérité je l'aimais, cependant je voulais faire primer la raison sur les sentiments.

Max insista beaucoup et me fit de nombreuses propositions. Après mes refus de me donner à lui, il n'usa plus de galanterie. Il commença à me harceler et me mit dans un dilemme. Je devais choisir entre ses sentiments et mon congédiement. Répondre à ses propositions, c'était trahir ma foi, c'était me trahir moi-même. Selon moi, il voulait seulement expérimenter avec la boniche que j'étais, les scènes sexistes qu'il a lues, entendues et vues.

Laisser le travail c'était comme livrer ma fratrie à la domesticité, à la prostitution, à une vie de peines et de chimères. C'étaient les restes de table de cette famille qui nourrissaient la mienne. C'était à partir de ces gages que je répondais aux besoins des miens. Devrais-je échanger ma virginité et mes valeurs contre un emploi ? Je me posais cette question nuit et jour. Dans ma grande détresse, j'ai invoqué le *lwa* qui dansait dans la tête de *granni*[12] pour me secourir. Il n'y eut ni voix, ni réponse, ni signe d'attention. J'ai appelé les esprits des eaux pour m'aiguiller, elles ne m'ont point répondu.

Il fallait quand même que je fasse le choix moins risqué. En fin de compte, j'ai choisi de rester au boulot. J'ai décidé de me sacrifier pour mon sang. Si je ne l'avais pas fait, ils connaîtraient tous les maux du monde. Mon acte fut un acte d'Homme. À quoi me servirait cette fierté d'être vierge si mes sœurs vendaient leur chair pour des vivres ? Si mes frères se

---

[12] Grand-mère

prostituaient ou pire, pour ne pas crever ? Je sais que mon choix peut être considéré comme une forme de prostitution. Mais c'est vrai, c'est de la prostitution. J'admets que je fus une prostituée. C'est du passé.

Max et moi avions passé des moments extraordinaires. Au clair de lune et sous la pluie, dans son jardin comme dans son jacuzzi. C'était merveilleux ! Certaines fois, il inventait des trucs afin que ses parents m'astreignissent à dormir à la maison. Alors, le soir venu, je l'hébergeais dans mes cuisses pour un séjour mirifique dans mon paradis de femme (elle sourit). Lors des fêtes nationales, on buvait du vin de bouche à bouche.

Il a fait un long travail avec moi afin de m'acculturer à sa classe. Il m'a appris beaucoup de choses. Il m'a appris à jouer au piano et moi, je lui ai appris comment rouler un tambour (elle sourit). Je lui ai appris les rites : *rada*, *petwo* et *kongo*. *Li manke kanzo nan men m.* J'avoue que je l'initiais à la religion de nos ancêtres. On a partagé beaucoup de recettes et de grands secrets de la religion.

Il était patient avec moi. Il m'a appris l'Allemand. Il a partagé beaucoup de ce qu'il avait appris à l'Université avec moi. À chaque fois qu'il revenait des cours, il prenait tout son plaisir à me blâmer en la présence de ses parents, question de détourner leur attention de nous. Certains weekends, il me faisait trouver congé et parcourait des kilomètres avec moi pour explorer la nature en me racontant des récits mythiques.

Je l'aimais tendrement.

On a passé d'inoubliables soirées à faire de la boucane au bord de la mer. On vivait une vraie vie d'amour !

Quand ses parents surent que j'étais enceinte de leur fils, qui avait cinq ans de plus, ils voulurent me faire avorter. Il riposta et les menaça de les accuser d'assassinat, sur un fœtus, s'ils osaient toucher au bébé que je portais.

Le 26 Septembre 1977, j'avais dix-sept ans, nous reçûmes la bénédiction nuptiale. Ses parents organisèrent eux-mêmes les noces. Ils me firent passer pour la fille d'une diplomate africaine, Béatrice Khankagi et d'un homme d'affaires français, Samuel F., je ne me souviens pas de sa signature. Ils m'ont donné ce père et une mère que je n'ai jamais eus, juste pour mon mariage. Une belle farce de cérémonie nuptiale. Je me souviens de tout.

Max n'a pas voulu que je cohabite avec ses parents qui nous stigmatisaient. Il a acheté un joli appartement dans une zone résidentielle.

Il était toujours stressé. Il avait le pressentiment que nos enfants allaient être orphelins de père très tôt. Ses parents lui avaient promis qu'ils se vengeraient de ce qu'il ait trainé leur nom dans la boue par sa liaison avec une fille du populo, liaison légalisée par eux-mêmes. Et, ses parents tenaient toujours gravement leurs promesses.

Le 23 décembre de la même année j'ai mis au monde deux beaux jumeaux, Rénald et Réginald. J'ai pris chez nous deux de mes sœurs, Lencie et Dania, et un petit frère, Woodly. Ma sœur cadette, Brunette, travaillait chez les parents de Palmer, un ami de mon mari. Elle m'a aidé à prendre soin de Frantzia et Kenny, d'autres enfants de ma mère, qui ne partageaient pas le même toit que mon mari et moi.

J'étais folle amoureuse de ce dieu.

Il était ma joie. Il était mes larmes.

Il était mon café, mon tafia, ma dévotion, mon autel...

Il était mon *ason,* mon tambour, mon lambi, mon mouchoir, mon *vèvè,* mon *potomitan.*

Il était mon *mistè.* Il était mon *chwal.*

Il était ma magie, ma formule, ma prière, ma bougie, mon *pwen.*

C'était mon eau, ma *boutèy kiman,* mon pain, mon *aransèl*[13], mon sucre, mon hostie.

Il était mon ami, mon confident, mon amant, mon père et le père de mes enfants, ma mère et la mère de mes enfants, mon mari, mon protecteur, mon conseiller.

Il était ma bourse, mes satisfactions.

Il était ma raison d'être.

Il était mon être.

Il était mon tout. Avec lui, rien ne me manquait.

Avec Max, j'ai connu le vrai bonheur, le bonheur parfait.

Quand je faisais la vaisselle, il cuisinait. Chez le pédiatre on était toujours deux. Il ne voulait pas que je sois dans l'embarras avec mes deux bébés, nos deux bébés. Je les aimais tellement. Ils étaient si mignons (elle sourit en laissant couler des larmes sur ses joues) ! Le soir, on faisait alternativement la garde de nos deux précieux joyaux.

Max était ma tête, mon tronc et mes membres. Il était ma saveur, ma joie de vivre, mon bonheur.

Le 29 avril 1980, je venais de mettre au monde mon troisième enfant, une jolie petite fille, on l'appellerait

---

[13] Hareng

Maudeline. J'attendais Max impatiemment à la maternité. Je mourrais d'envie de le voir tenir son bébé dans ses bras. Il voulait tellement d'une petite fille, de cette petite fille. Il a passé toute la soirée sans mettre les pieds à l'hôpital. Chaque fois que je regardais ma fille, je lui disais : « Papi va venir contempler ta beauté. Il te tiendra dans ses mains pour des bisous », et je lui souriais.

Cette nuit, Woodly, mon petit frère, allait me scier quand il me fit savoir que Max ne viendrait jamais. On lui avait fait don de deux balles au cœur. Quand j'appris les nouvelles de sa mort, je dus choisir entre la passion de mourir et mes trois enfants adorés. C'était toute une tragédie.

J'ai dansé une danse, aïe !

J'ai dansé.

J'ai dansé tambour battant.

Mes cheveux ont roulé ce tambour.

J'ai dansé sur ma tête. Ouf !

Personne n'a dansé la danse que, moi Élitane, j'ai dansée.

Moi, jeune veuve folle amoureuse de son feu mari et nourrice, j'ai dansé. N'essayez jamais d'imaginer ma danse, cette danse qu'on m'a fait danser.

Aïe (elle serre les dents et fixe le ciel) !

Fanmi gason ! Hunm !

Ses parents étaient du côté du pouvoir. Le jour précédant les funérailles de mon mari, sa mère, Marie Carmen Alvarez, m'a fait enfermer dans une caserne prétextant que j'étais une *kamoken*. Elle m'a accusé de comploter contre la sûreté de l'État. Pauvre moi ! Dans la caserne, des officiers m'ont battu jusqu'aux os. Après plusieurs bonnes raclées, ils ont appelé des renforts pour dévorer mon vagin. Vingt-trois d'entre eux m'ont violée sur ordre de ma belle-mère, la mère de mon mari.

Toujours inassouvie, ma belle-mère, malgré ma plaie et la douleur qui rongeait mon être, m'a fait transférer dans un centre psychiatrique. Là, son frère, le psychiatre, m'a fait une série de choses horribles. C'est… une famille de psychopathes. J'ai glapi. C'est suite à cela que j'ai attrapé une infection au niveau de l'anus, la lymphogranulomatose vénérienne. Je me suis sentie humiliée, amoindrie et abêtie.

Cependant, je ne la condamne pas totalement. Elle m'avait fait subir tout cela par cruelle pitié, juste pour m'éviter les mains criminelles et féroces de son mari Dieudonné qui voulait me découper vivante avec une scie.

Fille de la masse et haïtienne, j'ai survécu. J'ai remonté la pente, car ma dignité, mon intégrité et ma valeur ne dépendent pas de ce que les autres ont fait de mon corps. Mon essence ne se résumait pas en acte sexuel volontaire ou involontaire.

Neuf jours après ces viols, elle m'a rendu ma liberté. Arrivée chez moi, ma nouvelle-née était déjà morte et inhumée. Mon beau-père lui avait donné du lait empoisonné. Pour avoir été mon frère, Woodly fut emmené à l'abattoir du Fort-Dimanche. Je ne l'ai jamais revu à date.

Dieudonné avait un autre plan plus criminel pour mes deux autres enfants. Exactement un an et un jour après mon drame, alors que j'accomplissais un rituel funéraire, deux officiers sont venus me passer les menottes. C'était là le début des démarches de mon beau-père pour m'enlever mes deux fortunes de fils.

Ils avaient de l'argent et du pouvoir, et moi j'avais mes charmes. J'ai couché avec le juge et tous les membres du cabinet d'avocats qu'ils avaient engagé pour le procès. Après avoir couché avec eux, je leur ai promis de les « *manje* » si je perdais le procès. C'est à ce moment que j'ai eu, pour la seconde fois, un troisième enfant. D'entre le juge et les avocats, j'ignore le père de mon fils.

Ce procès que mes beaux-parents ont perdu dans les tribunaux, ils ont voulu le gagner par d'autres moyens. Cette fois c'était la guerre entre nous. Pour y mettre fin, sans cacher mon visage, je suis entrée dans leurs rêves : trois nuits successives de cauchemars. À la quatrième nuit, j'apparus en chair et en os dans leur chambre, et je leur demandai d'arrêter le massacre sinon je les vendrai « *nan bizango* ». Ils eurent peur et ils me laissèrent tranquille.

Je vous disais que j'étais tombée enceinte. J'étais à Ranquitte, dans le Nord du pays, quand j'ai mis au monde ce demi-dieu, noir comme sa maman. C'était le 2 mars 1982. Vous ne l'aviez pas connu ? Ah ! Je délire maintenant. Il était un gentil garçon.

Mon fils ! Je t'aimais mon chéri (toujours avec larmes aux yeux, en fixant le ciel) !

Le Temps est assassin ! Le Temps m'a torturée, Le Temps m'a violée, le Temps m'a blessée, le Temps m'a saignée, le Temps m'a assassinée.

Le 18 mai 1983 je me suis remariée à cause de mes problèmes d'argent. Je n'aimais pas cet homme.

Il s'appelait Fanel Delva.

Il était de l'ordre des chiens de garde qui m'avaient violée. Il était odieux. Il avait une âme souillée. Tout ce que je voulais de lui c'était sa poche toujours pleine. Dieu merci il était stérile !

HAÏTI DANSE

Fanel me frappait constamment et abasourdissait mes enfants. Il était pour moi un feu incendiaire. À cause des traitements qu'il m'infligeait, j'avais pensé à tuer mes enfants et me suicider. Nous souffrions trop. Je croyais en le repos de la mort. Mais après réflexions, je me suis dit que je devais affronter ce qui me faisait peur, afin de l'apeurer moi-même.

J'ai connu l'angoisse, les douleurs et les péripéties.

Un jour, ce méchant m'a frappée et je n'ai pas réagi. Il était surpris. Il m'a demandé pourquoi n'avais-je pas riposté. Je lui ai répondu : « On ne se bat pas contre les animaux sauvages. Soit on les tue, soit on réduise leur mobilité ». Il prit peur. Il commença à construire vainement une sorte de paix au foyer. Il tenta de me rassurer, mais il avait déjà raté toutes les occasions.

À chaque partie sexuelle, j'ouvrais mes jambes et le laissais faire seul, comme si j'étais un cadavre.

Il était comme enfermé dans une prison, une prison morale. Malheureusement son emprisonnement n'a duré que deux années.

Le 7 février 1986, à la chute du régime au pouvoir, il fut brûlé vif, avec beaucoup de ses frères d'armes. Ce jour a du prix, le jour où ce colon fut tué.

Selon certains journalistes et témoins oculaires, ce régime aurait favorisé la fuite de nombreux cerveaux, beaucoup d'exils, et aurait détruit des milliers de vies humaines. Ce régime aurait pratiqué le trafic humain. Il aurait vendu des milliers d'haïtiens comme *braceros* en République Dominicaine. Malheureusement justice et réparation ne seront jamais faites. La France héberge chez lui l'icône de ce régime.

JEAN CARMY FÉLIXON

Toutefois qu'il aurait vendu vraiment des haïtiens aux dominicains, un jour les dominicains expulseront les descendants de ces haïtiens. Mais Dieu, les *lwa,* les saints, les anges, les morts et les esprits puniront les dominicains le jour où ils auront commis ce forfait.

Oui, je disais... à la mort de Fanel, j'avais suffisamment d'argent pour répondre à certains besoins de mes enfants. J'ai mis sur pied une entreprise dans le secteur de l'apiculture. En 2003, j'ai dû la fermer après plusieurs menaces d'enlèvement contre mes enfants. Pour ne pas les perdre je les ai fait quitter la patrie qui les a vus naitre.

Par la suite, j'ai ouvert un grand restaurant. Malheureusement, j'allais perdre presque tout mon argent dans les coopératives en 2002 ou en 2003, je ne m'en souviens pas trop. Aucun de ces hommes cravatés n'a été puni. Ce, à date. On a fait beaucoup de cinéma, on a fait beaucoup de promesses, mais mon argent est encore dans leurs caisses vides.

Le 29 février 2004, ce fut encore le chaos, avec l'enlèvement du président au Pouvoir. Le président est emmené en Afrique du Sud. Nous ignorons les différents aspects de ce coup ainsi que la gravité des conséquences liées à cela. Cette semaine du 29 c'est le « *dechoukay* ». Mon dépôt de provisions alimentaires fut pillé. Je dus prendre un « *ponya* » pour recommencer mes activités économiques et financer les études universitaires de mes fils.

Une fois que mes trois fils chéris eurent complété leurs études, ils sont rentrés servir leur patrie. Novembre 2009. Ils allaient se marier ce 26 février.

Le 12 janvier, il était 19:00, je marchais encore pour rejoindre mes fils. Ma voiture était sous les décombres de mon restaurant. Mes pieds me faisaient mal et j'avais grand soif, il n'y avait aucun moyen de l'étancher. Arrivée au centre-ville, je tombai aux pieds d'un corps mort et je perdis connaissance. Il n'y avait personne pour me prendre en charge, car on me croyait morte. D'ailleurs, tout vivant qui ne bougeait pas était considéré mort. Soudainement, j'ai senti une main me saisir et je me suis tenue debout.

Toutes ces rues pavées de corps qui n'avaient plus de vie en eux ! Je ne pouvais pas retenir mes larmes. Mes entrailles se déchiraient à la vue des mamans portant leur enfant à demi-mort.

Sous les décombres des bâtiments, on entendait les appels au secours. J'entends encore cette jeune fille crier vainement : « *n ap kite m mouri kote m ye a ?[14]* ». Elle était sous une masse de bétons et entourée de fers forgés. Hélas !

Je ne pouvais aider personne. Je n'en pouvais plus. Je trébuchais encore quand j'entendis : « *Bondye souple, fè pa n, nou konnen n koupab[15]* », sous l'effet des secousses sismiques.

Moi aussi, je priai : « Dieu du ciel, tu es omniscient, omnipotent et omniprésent. Tu vis, tu règnes et tu diriges, par les anges, les *lwa,* les saints et les morts, protège mes enfants là où ils sont. »

« *Jezi ! Jezi! Jezi ! [16]* ». Telle fut la réponse de la ville à chaque secousse. À nouveau j'ai prié « *Mèt Agwe, fè m favè, sove pa m yo pou mwen. M sipliye w[17]* ». Cet imbécile de *Mèt Agwey* s'occupait de ses affaires. Les enfants de son *chwal* n'étaient pas ses priorités.

---

[14] Allez-vous me laisser mourir là où je suis ?
[15] Aie Pitié Seigneur, nous reconnaissons notre faute.
[16] Jésus ! Jésus ! Jésus !
[17] Maitre Agwey, j'implore ta faveur, sauve les miens. Je t'en supplie

Quand je suis arrivée à la rue qui logeait ma maison, il était temps. Je me hâtais d'ouvrir la barrière. À ma grande stupéfaction, je n'avais plus de maison. Elle s'était effondrée. Et on me fit savoir que mon Welventz était sous les ruines. Je commençai à m'affoler et à crier de toutes mes forces : « *Wols ! Wols ! Wols ! Men manman w*[18] ». Sous les ruines, j'entendis une voix comme lointaine. C'était celle de mon fils : « *Manman, si m te fè w yon bagay ki mal padone m. Mèsi pou tout sakrifis ou fè pou mwen. M ap toujou renmen w. Di Carlyne mwen renmen l anpil. M ale ! Babay man*[19] ». Elle aimait tendrement sa fiancée Carlyne.

En écoutant le testament de mon fils, je ressentis mes premières douleurs d'enfantement. J'avais eu la même sensation quand le psychiatre me bestialisait. C'était comme si j'étais en train de revivre mon viol par ces vingt-trois sauvages à visage d'hommes.

« *Pitit mwen w p ap mouri. M la.*

Manman w renmen w plis pase tout bagay.

Wols...

Mwen pral chèche èd pou m retire w la.

W ap viv. [20] »

Il ne m'a pas répondu.

---

[18] Wols ! Wols ! Wols ! Voici ta mère.
[19] Maman, si je t'avais fait quelque chose de mal, pardonne-moi. Merci pour tous les sacrifices consentis pour moi. Je t'aimerai toujours. Dis à Carlyne que je l'aime beaucoup. Je pars ! Au revoir !
[20] « Mon fils, tu ne vas pas mourir. Je suis là.
Ta mère t'aime plus que tout.
Je vais chercher de l'aide pour te sortir de-là.
Tu vas vivre. »

« *Wols cheri ! Manmi w renmen w. Pa al kite m^{21}* », lui criai-je. J'ai hurlé.

M japeeeeeeee... Madanm ! M jakase... Woy ! Hayyyyyyyyyyyyyyyyyyyyy ! Dye bay, Dye pran^{22} (elle respira profondément et continua).

Je me causais beaucoup d'afflictions. Cette nuit même, je me suis rendue au bureau de Rénald. On m'a fait savoir qu'il était fracturé et était dans l'un des hôpitaux de la ville, on ne savait lequel. Je visitai tous les hôpitaux que je trouvai sur mon chemin en criant son nom. Des passants se fondaient en larmes en lisant écoutant l'amertume dans ma voix.

Ce que j'avais vu ce soir-là, le cinéma ne me l'avait jamais montré. Par terre, dans les hôpitaux, j'ai vu des mains, des bras, des jambes, des pieds, des oreilles, des doigts, des orteils. J'ai vu des morceaux d'hommes, des morceaux de femmes, des morceaux d'enfants. J'ai vu une vieille dont les membres supérieurs et inférieurs avaient été sciés. Elle n'avait plus ses lèvres. C'était horrible ! Ce qui me paraissait mystérieux, c'est que beaucoup de ceux qui souffraient dans leur corps ne pleuraient pas.

J'ai passé toute la nuit à chercher mes deux autres.

Le 13 janvier, il était 09:00, les rues étaient remplies de gens. On se bousculait : « *Fout bay moun pase non, ou layite kò w nan wout la^{23}* ». Les morts et les vivants étaient tous ensemble. Devant les ruines d'une mosquée, je m'agenouillai et priai : « *Granmèt, si se volonte w fè m jwenn de lòt yo.^{24}* »

---

[21] Wols chéri ta mère t'aime, ne me laisse pas.
[22] J'ai hurlé… Dieu a donné, Dieu a repris.
[23] Façon grossière de demander passage
[24] Grand-Maître, si c'est ta volonté, fais-moi retrouver mes deux autres

À peine ouvris-je les yeux, j'ai vu un homme qui me regardait avec pitié.

- *Madanm, ou pèdi pitit osnon frè ? Mwen wè yon tèt san kò. Mwen fè foto l.*
- *Wi, mèsi mesye[u]. Ou son w [se yon] zanj ! Di m kibò fiks li ye*[25].

Il me fit savoir que c'était à Diquini. J'ai pris la route en toute hâte, comme si je pouvais le ressusciter.

Des dizaines de gens entouraient la tête de Réginald. Ils furent émus en contemplant mon visage et celui de mon fils. Son corps était coincé entre le sol et la toiture en béton d'une maison. Je ne pouvais pas le retirer. J'ai enlevé mon corsage, enveloppé sa tête, je l'ai mise sous mes aisselles et je l'apportai sur les ruines de ma maison. Vous imaginez une femme qui porte la tête de son fils sous ses aisselles ? Je n'oublierai jamais le visage de cette dame qui m'a rendu son corsage après que j'aie enlevé le mien pour envelopper la tête de mon chéri.

Il était 11:58, ce même mercredi 13 Janvier, quand je sentis une présence autour de moi. J'eus comme l'impression d'avoir un autre être en moi. Ma chair frémit. J'entendis des voix, je vis des ombres et je sentis les ondes vibratoires du tambour dans tout mon être. J'étais comme entre deux univers. Les êtres voulaient communiquer avec moi. Je restai calme et silencieuse pour accueillir leur message.

Les yeux fermés, je respirai profondément. Alors que j'ouvrais les yeux, je vis Max tenir Rénald et Réginald, étant bébés, au beau milieu d'une rivière. Mes enfants me faisaient

---

[25] - Madame, vous avez perdu des enfants ou des frères ? J'ai vu une tête sans corps. J'en ai pris une photo.
- Oui, merci monsieur. Vous êtes un ange ! Dites-moi exactement où est-ce qu'elle se trouve.

« *bye-bye* ». Ils étaient lumineux. À peine allais-je essayer de rejoindre mon mari, mon seul et unique Max parti depuis trente ans, tout disparut de ma vue et de mon être. J'ai vite compris que je n'avais plus de fils.

À 12:02 mon portable s'est mis à sonner. C'était son ami, Patrick Facorat, qui m'appelait. Je ne voulais pas décrocher. Un voisin qui venait de jeter dans une fosse commune les deux garçons et les trois filles qu'il avait, a insisté pour que je décroche. Alors je l'ai fait.

« Manmi ? Je suis à l'hôpital Saint Luther avec Rénald. Il est très grave.

- Patrick ! Apporte-moi son cadavre. Je vais t'attendre sur les ruines de la maison. Il n'y a plus de place dans les morgues.
- Il n'est pas mort.
- Je viens prendre son corps. Il vient de me dire « au revoir ». Il était avec son père.
- Mère…
- J'arrive, fiston. »

Le voisin retira la robe qui le ceignait et il partit avec moi. Les banques étaient fermées. J'étais dans l'impossibilité de trouver de l'argent pour m'acheter des rares cercueils qui étaient disponibles dans les maisons funéraires non détruites par le séisme. Il prit une planche et une corde, et nous nous rendîmes à l'hôpital pour prendre le corps de mon fils chéri, le fils de mon Max, mon mari.

Le temps d'arriver à l'hôpital, on l'avait déjà mis par terre, sur la cour. On devait recevoir d'autres morts qui respiraient encore. Le voisin le mit sur la planche et je ligotai son corps. Patrick et moi le chargeâmes et nous l'emportâmes chez nous. Je lavai ses plaies avec mes larmes et ma sueur, et je nettoyai son visage avec mon crachat avant de l'envelopper dans un rideau offert par une voisine, Mirlande.

Avec l'argent que j'avais en poche, j'achetai trois caveaux au cimetière pour mes princes. J'enterrai la tête de Réginald et le corps de Rénald. Je laissai l'autre pour Welventz que je retirai deux jours plus tard sous les décombres. Ayant constaté qu'il respirait encore, je criai « Wooooooooooools » ! Il me fixa dans les yeux comme voulant me dire quelque chose.

Je n'ai pas voulu qu'il parte sans connaitre la vérité sur sa paternité. Je lui ai avoué, avec larmes aux yeux, que je ne savais pas qui était son père et qu'il était fils d'un compromis judiciaire. Il me sourit, puis il mourut, sous mes yeux.

J'ai vu mon fils, mon dernier, mon amour, mon trésor, mon sacré cœur... mourir. J'ai vu la mort entrer en lui. J'ai vu l'ange de la mort assassiner toutes ses cellules une à une. Mon être entier tressaillit quand la cohorte de la mort lui transperça le cœur. Je sentis l'épée entrer en lui et en moi à la fois.

Depuis après mes viols, j'avais toujours avec moi un canif. Je pris le canif pour me couper une artère et mettre fin à ma vie. À peine allais-je le faire, je sentis une main sur mon épaule. C'était mon beau-père. Il était venu implorer mon pardon en me disant qu'il avait réalisé qu'on est tous égaux et qu'on est tous piégés dans un jeu de rôle. Il était accompagné de ma belle-mère, sa femme. Cette vipère me regardait avec ses larmes. J'ai écouté le discours de mon beau-père et affronté cyniquement le regard de ma belle-mère, ce qui m'a donné le courage et le goût de vivre. Me suicider serait leur faire honneur. Je ne les ai fait entendre mot de ma bouche. C'est comme s'ils étaient en face d'un corps inerte.

Devant ma réaction cadavéreuse, ils n'avaient d'autre choix que celui de partir. Quelques trois minutes après leur départ, je me sentis plus moi-même que jamais. Patrick m'a rapporté que je me suis mise à courir avec la vitesse d'une jument de course quand Wols a expiré. On a crié de m'arrêter. J'étais inconsciente et immobile avec les yeux ouverts. Comme si j'étais en train de contempler attentivement une scène dans un autre monde. Il m'a dit qu'au moment de reprendre conscience, j'ai crié : « Wols ! Tu es dans La Lumière ». Je ne me souviens de rien. Tout ce que je me souviens, c'est que je l'ai vu dans une foule marchant vers La Lumière.

Je ne pouvais pas laisser son corps exposé aux rayons de soleil. J'ai eu le courage de le pousser lors de l'accouchement. J'ai eu ce même courage pour le mettre sur une brouette, à moi toute seule, pour l'amener à *Grann Brijit*. J'ai conduit son corps sur la brouette jusqu'au cimetière. Patrick voulait m'aider mais je ne voulais pas.

À chaque pas sur le chemin du cimetière, c'était un souvenir – depuis ma négociation avec le juge et les avocats jusqu'à son assassinat par l'ange sans yeux ni émotions. Je gémissais quand le juge me pénétrait avec son long pénis.

J'ai entendu le premier cri de mon fils. J'ai senti sa langue tirer le lait de mon sein gauche et j'ai vu ses petits doigts bouger pour le saisir. J'ai entendu ses cris quand il recevait son premier vaccin. J'ai senti ses petits doigts dans ma bouche alors que je le mordillais. Je l'ai vu se blottir dans mes jambes, se cachant sous ma jupe en criant : *« maman »*. Je l'ai vu me montrer son carnet – il était toujours lauréat de sa classe. Je me suis vu à l'auditorium le jour de sa graduation.

Je sentis les gifles reçues de Fanel pour lui. Je l'ai vu courir dans la maison et jouer avec les autres, pendant que moi, je leur disais « vous êtes laids ». J'ai entendu ma bouche lui dire : « Tu es beau mon fils ! Je t'aime », et ce petit capricieux qui disait aux autres : « Je suis le seul fils de maman ». J'ai vu son regard souriant. Je l'ai vu à l'aéroport. J'ai vu l'avion voler avec mon fils dans les airs.

Ce n'était pas une hallucination – c'était comme un voyage dans le temps. Je n'arrive pas à expliquer cela. Patrick m'a rapporté qu'arrivée au cimetière, j'avais éclaté de rires et que je me suis mise à frapper durement le cadavre de mon fils afin qu'il revienne à la vie. Il m'a dit qu'il m'a laissé faire et après il m'a fait parler à mon fils, comme s'il pouvait vraiment m'écouter. La mort enlève notre raison parfois.

C'était mon fils, mon dernier. Je l'aimais.

Je n'ai plus de fils. Mon Wols est enfermé dans les entrailles de la terre.

J'étais comme devenue folle. Quoique j'aie enterré mes fils, je n'ai pas cessé de visiter les hôpitaux pour voir s'ils n'y étaient pas. Parfois je faisais la ronde du cimetière pour voir s'ils ne s'étaient pas réveillés. Chaque fois que je faisais à manger je leur laissais leur part, comme s'ils viendraient.

Ala rèd o !

Manman lanman !

Wayiiiiiiiiiiiiiiii !

Madanm !

Timoun bagay la rèd !

Oufff !

Gad yon dans !

San mizik !

Yo pete je m !

HAÏTI DANSE

Yo kase ponyèt mwen !

Depi 12 janvye timoun mwen yo grangou.

M ap fou…

M pa kapab[26].

Dieu a volé mes enfants !

Mais, non.

Ils ne m'appartenaient pas.

Ils étaient à Lui.

Mais, non.

Il me les avait donnés.

Il ne me les avait pas donnés.

Personne n'appartient à personne.

Il les avait donnés à la terre.

Mais Il les a repris.

Ils n'étaient pas à moi pourtant j'étais leur mère.

Qu'est-ce que je raconte-là ?

Je suis folle ? Humm ! Dites-moi (personne ne répond).

Vous voyez … jeeeee suis folle.

J'ai perdu un fils.

---

[26] Complaintes

JEAN CARMY FÉLIXON

J'ai perdu un autre fils.

J'ai perdu encore un fils.

J'ai perdu trois fils le même jour.

Une semaine après le tremblement de terre, alors que je revenais du marché pour faire cuire quelque chose à manger pour mes fils, j'ai rencontré une bonne amie à moi. Elle m'a demandé des nouvelles de mes enfants. C'est à ce moment que je me suis rendue compte que j'avais réellement perdu mes trois enfants. Je lui ai demandé où étaient mes fils, que j'avais moi-même inhumés. Je commençai à la frapper, lui criant : « Ban m pitit mwen. Ban m yo. M soufri twòp pou yo[27]. »

Elle resta calme et me fit savoir qu'elle avait perdu sa fille unique de dix-sept ans. J'ai hurlé comme un animal en détresse. Elle ne pleura pas. Elle tira de sa poche la copie d'un texte que sa fille avait écrit trois heures avant sa mort, et elle me la tendit. À chaque fois qu'elle se sent un peu triste et déprimée à cause du départ prématuré de son avenir, elle lit ce texte et elle se sent réconfortée un peu. »

Elle retira dans la poche de sa jupe une page repliée et la tendit aux étrangers qui la lurent avec attention.

Mon âme est triste !
Dieu m'a enlevé le goût de vivre,
Il m'a châtié, il m'a enlevé le cœur.
Il m'a arraché l'amour d'une vie.
Il a laissé mourir cet être si cher à moi.
Je le déteste, je le déteste.
Si et seulement si, quelque part sur notre planète, on
écrivait des lois régissant l'action des dieux,
S'il y avait des tribunaux pour les dieux,

---

[27] Donne-moi mes enfants, j'ai beaucoup souffert pour eux

HAÏTI DANSE

Je le traduirais en justice pour ce forfait.
Je ferais appel à la plus grande instance judiciaire,
Je ferais en sorte qu'il soit condamné aux travaux forcés
à perpétuité.
Le pire dans tout ça c'est qu'il reste caché.
Qu'il se montre !
Montre-toi !

« C'est Moi, Je Suis.
Toute âme est à moi.
C'est moi qui les ai faites.
Dis ce que tu as à dire.
Prononce ton jugement.
Mais avant,
Laisse-moi te poser quelques questions,
Et tu me les réponds maintenant.
Où étais-tu quand je te formais dans le sein de ta mère ?
Où étais-tu quand je formais ton être cher ?
C'est ton souffle qui est en lui ? Hein ?
Réponds.
Je lui ai formé une charpente osseuse.
Je lui ai donné des nerfs.
J'ai fait croitre sur lui de la chair.
Je l'ai couvert de peau.
Je lui ai donné mon Esprit.
Je lui ai donné un cerveau, de l'intelligence, pour ne citer
que ceux-là.
Et tu étais là, pas une fois tu ne m'as aidé.

Où étais-tu, quand, à maintes reprises, ton être cher fut
en péril la nuit ?
Quand les démons voulurent emporter son âme pour
étancher leur soif ?
Tu étais là et tu dormais.
Tu ronflais.

JEAN CARMY FÉLIXON

Si tu passais la nuit avec lui, tu t'occupais seulement de
son corps,
Et moi, je suis resté yeux ouverts nuits et jours,
Rien que pour surveiller ton être cher.
Jamais je n'ai sommeillé ni dormi,
Rien que pour protéger ton être cher.
Tu n'as jamais dit :
« Seigneur tu n'as pas fermé l'œil la nuit,
Tu es fatigué, va te reposer,
Je pourrai veiller moi-même sur lui. »
C'est moi que tu avais toujours chargé de sa protection.
Tu étais là, pas une fois tu ne m'as aidé.

Où étais-tu quand je lui apprenais comment exprimer ses
désirs et ses besoins,
Comment respirer : inspirer et expirer,
Comment manger, comment boire,
Comment il devait bouger chaque partie de son corps,
Comment répondre quand on citait son nom ?
Réponds.
C'est toi qui lui as donné la capacité d'abstraction ?
Tu étais à la base de la fonction symbolique chez lui ?
Je n'ai jamais entendu de ta bouche :
« Je sais comment faire, je ferai tout à la place de Dieu. »
Tu étais là, pas une fois tu n'as aidé.

Aujourd'hui tu veux me questionner,
Et me faire condamner
Parce que j'ai agi selon ma volonté sur ce qui
m'appartient ?
Ton être cher était là pour combler certains de tes désirs
et de tes besoins.
Tous ses jours étaient comptés.

À chaque seconde, il a fallu que je contrôle chaque
battement de son cœur,

Que je vérifie une à une chacune de ses myriades de
cellules.
Je les ai toutes nourries et soignées selon ma volonté.
Je devrais contrôler la quantité d'air qui devait circuler
dans ses poumons.
Et pas un jour tu ne m'as dit : « Seigneur je veux te
donner un peu d'air pour lui. »
Tu étais là, pas une fois tu ne m'as aidé.

Son heure fut venue et il n'est plus.
Je l'ai placé dans ton entourage,
Je l'ai déplacé.
Tu n'as pas à me questionner.
Je suis prêt à te pardonner.
Je sais que tu l'as aimé car je t'ai appris à aimer.
S'il a été trouvé irrépréhensible le jour de son jugement,
Je te promets qu'il sera dans le ciel, avec les heureux
élus.
Sa mort est une occasion pour toi de méditer sur ta vie
Et de te préparer à ma rencontre.

Je compatis à ta douleur et je t'aime. »

Émue de lire les paroles de foi d'une mourante, Michaëlle
fondit en larmes. Elle serra Élitane fortement dans ses bras et
lui fit savoir qu'elle comprenait sa douleur pour avoir, elle
aussi, perdu sa fille unique à l'âge de dix-sept ans. Michaëlle
commença son court monologue à son tour.

« Par les paroles de cette fille, j'ai retrouvé ma foi en
Dieu. Le soir du 22 août 1996, on était ensemble. Elle jouait de
la musique. Elle m'a joué de très beaux morceaux. Je voulais
dormir. Mais elle voulait que je la regarde jouer. Elle joua un
très beau morceau sur sa foi :

Je crois en ton sacrifice,

JEAN CARMY FÉLIXON

Oh Jésus, Agneau de Dieu,
Et couvert par ta justice,
J'entrerai dans le Saint Lieu.

Après ce dernier morceau elle m'annonça qu'elle avait quelque chose à me dire. Le lendemain, elle n'était pas venue prendre le petit déjeuner. Je frappai à sa porte, elle ne répondit pas. C'est quand je suis entrée dans sa chambre que je l'ai trouvée immobile et inconsciente. J'ai appelé l'ambulance. Quand ils sont venus, j'ai appris que ma fille était morte au cours de la nuit.

Depuis ce jour j'ai une haine violente contre Dieu. Je ne mis plus jamais les pieds dans aucune église, même pour un mariage ou des funérailles. Je passai plusieurs nuits sans sommeil. À chaque fois que j'entendis frapper à ma porte, je pensais que c'était elle. Je vécus dix ans dans l'illusion qu'elle reviendrait et me jouerait encore de la musique.

C'était après ces dix ans que je commençai à fumer et à boire. Parfois pour compenser cette perte, je prends de la drogue. Après trois ans à mener une vie de toxicomane, je fis une tentative de suicide. On me mit dans un centre. C'est suite à cela que je laissai Venise pour le Congo. Elle aimait tendrement l'Afrique. Son petit ami était un congolais de sol et de sang. Je pensais que vivre au Congo était une façon d'honorer sa mémoire. Si ma fille était là, assurément elle viendrait avec nous pour jouer de la musique aux souffrants et aux agonisants.

Ce texte m'a vraiment réconforté. Si quatorze ans auparavant j'avais lu ce texte, je n'aurais pas vécu comme une débauchée pendant toutes ces années. Puisse Élitane trouver du réconfort et que Dieu aie pitié des autres mères souffrantes ! »

L'émotion fut très forte. Des larmes coulèrent des dix yeux présents. Comme c'était leur toute première et leur toute dernière rencontre, ils demandèrent à Élitane comment ils pourraient lui venir en aide.

- M'aider ? Moi ? La seule façon dont vous pourriez m'aider ce serait de me réveiller de ce cauchemar. Or, vous ne pouvez pas. Depuis des jours mon esprit me saigne, mon âme me fait mal, mon corps m'est douloureux. J'ai tout perdu. Tous ceux qui étaient miens sont enfermés dans les entrailles de la terre. Je n'ai plus de famille. Je ne veux rien.
- Et une assistance financière ? lui demanda Ducange en la fixant dans les yeux.
- Réserve-la pour quelqu'un d'autre. Merci de votre proposition d'aide. Le Temps a enlevé tout ce qui était mien.
- C'est le Temps qui te guérira, lui répondit Michaëlle en la serrant dans ses bras mouillés de larmes.
- Nous allons prendre un café et discuter un peu ? une question d'Amandine.
- Qu'avons-nous encore à discuter ? Je vous ai déjà dit tout ce que vous deviez savoir. Le Temps a pris mes vies. »

Élitane veut bien se réveiller de ce cauchemar, long, effrayant et angoissant ; les étrangers sont là mais ils ne sont pas en mesure d'entrer dans son sommeil. Michaëlle ouvrit la bouche à nouveau et lui dit :

- Je ressens ce que tu ressens pour avoir, moi aussi, perdu mon enfant, ma seule, mon unique. Rien, absolument rien ne peut compenser cette perte énorme. Parfois, quand je vois une fille qui aurait son âge, je regarde pour voir si ce n'est pas elle. Ce que je vais te proposer peut te paraître insensé, mais j'ose te le proposer : si tu as déjà un visa européen, viens avec nous au Congo, un changement d'air te sera bénéfique.

- Je verrai mes enfants, mes trois fils, dans cet air changé ? lui demanda-t-elle avec les yeux noyés et la voix rauque.
- Je n'ai jamais vu ma fille ni dans les cigarettes, ni dans l'alcool, ni dans la drogue. Elle n'a pas été non plus au centre. Mais je la vois dans chacune de mes cellules. À chaque fois que je respire, je la vois dans l'air. Elle est dans l'eau que je bois. Dans chaque son que j'écoute, elle y est. Dans chaque mouvement des êtres du cosmos, je sens sa présence. Elle est partout où je suis. Elle est mon esprit et mon âme. Elle est mon corps. Elle est en moi. Elle est moi. Tu les as aimés mais ils ne sont plus.
- Je n'ai plus envie de vivre.
- Je n'avais plus envie de vivre quand j'avais accepté la mort de ma fille. Après avoir tout perdu il te reste ton essence. Tu dois en prendre soin. Viens avec moi à la maison. On fera le deuil ensemble.
- Je ne vous connais pas.
- Personne ne connait personne.
- Tu vis avec qui ?
- Je vis seule, avec l'ombre de ma fille disparue. »

Élitane sourit et lui dit :

« Alors, c'est comme une cohabitation mort-vivant ? C'est drôle ! C'est ce qu'on a vécu et qu'on est en train de vivre en Haïti : la cohabitation morts-vivants. On vit avec les morts. Ils pourrissent sous nos yeux. Ils sentent sous nos nez. Sous les décombres, on dort avec eux. Il y a des gens qui sont en vie mais qui sont sous des morts. Les morts et les vivants cohabitent. C'est de l'irréalisme vécu en temps et lieu. C'est ainsi arrivé chez mon peuple. »

Plus d'un avaient besoin d'orientation. Plus d'un voulaient respirer un air nouveau. Laisser ce pays de décombres fut, pour certains, un moyen de se remettre du *goudougoudou*[28]. Elle décida de partir avec eux. Ils l'accompagnèrent sous sa tente. Elle prit tous ses documents pour le voyage, sa carte de crédit, et tout ce qui lui serait utile. Puis, elle distribua tout ce qui se trouvait sous la tente à ceux qui étaient au camp.

Les conversations ne manquèrent pas tout au long de la route. Elle les emmena sur les caveaux de ses fils et les fit visiter l'emplacement de sa maison. Les étrangers firent leurs adieux à Rachel et lui demandèrent de prendre leur tente après leur départ, aussi ils échangèrent leurs coordonnées. Tôt le lendemain, ils laissèrent le pays, avec de nombreux souvenirs.

---

[28] Nom donné au séisme en faisant référence aux bruits qu'on a perçus lors de l'écroulement des bâtiments.

4

Cet aéroport de la République Dominicaine était comme un centre multiculturel, toutes ethnies confondues. Il y avait des médecins, des journalistes, des enquêteurs, des responsables d'organisations non-gouvernementales, des religieux, des étudiants, des parents, des amis, des curieux et des touristes. Ils voulaient tous piler le sol d'Haïti, certains pour le piller. D'autres étaient venus pour acheter des terres sur ce territoire conquis par le sang et la vie des esclaves.

Pendant toute la traversée Élitane resta bouche bée et très évaporée. Elle se souvenait de tout ce qu'elle avait vécu de ses beaux-parents pour son mari et pour ses enfants. À chaque bouchée d'air qu'elle respirait, elle entendait la voix de son Welventz qui l'appelait *« Manmi »*.

À l'aéroport, on avait vite remarqué qu'elle avait lien avec Haïti. Ses yeux baignés de larmes, un drapeau d'Haïti enveloppant ses cheveux, elle ne dit mot. Elle admirait une photo d'elle et de ses trois fils, photo qui avait été prise dans une basilique à Rome. Beaucoup s'approchèrent d'elle pour lui parler, elle resta muette. Sa seule réponse fut son regard larmoyant.

L'expression de son visage attirait beaucoup de monde. La seule façon dont elle communiquait c'était du regard, un simple regard disant que son cœur est tiraillé, un regard furtif disant que sa vie n'est qu'une tragédie, un regard disant qu'elle est une martyre. Un agent vint, prit ses bagages et la conduisit jusqu'à l'avion. Pour le remercier, elle la serra fortement dans ses bras et lui dit :

« Quand tu auras perdu un être cher, tu connaitras la valeur de ce que tu as fait pour moi.

- Madame, lui dit l'agent, vous…
- Je t'aime.
- Tu…

- J'aime tout ce qui a vie. La vie a du prix à mes yeux.
- Si... je...
- Le souffle est d'une valeur inestimable... »

Élitane lui fit signe de la main pour lui dire adieu, puis s'assit dans l'avion, toujours en contemplant la même photo. Après avoir beaucoup pleuré, elle eut une forte migraine et entra dans un profond sommeil. Michaëlle, Amandine et Ducange étaient tous là. Ils ne pouvaient rien pour sa neurasthénie. Soudainement, Michaëlle eut une idée.

- Nous allons faire un deuil public avec elle.
- Très bonne idée ! lui répondit Ducange.
- Nous allons le faire avec toute la communauté, compléta Amandine.

Ils rentrèrent en contact avec la Mairesse de la ville afin de recevoir Élitane affablement. À trente minutes de la piste d'atterrissage vers la première destination, Élitane se réveilla avec un cri fort et puissant qui attira l'attention de tout le monde : « *Ban m pitit mwen. Ban m yo. M soufri twòp pou yo* ». Puis, elle commença à se remuer beaucoup. Les trois étrangers tentèrent vainement de la rasséréner. La curiosité piquait tous les passagers qui étaient à bord. Ils voulaient savoir ce qu'elle avait. Amandine leur apprit qu'elle avait perdu tous ses enfants lors du séisme. L'émotion fut très forte. Élitane mit beaucoup de gens dans la consternation. Tous les yeux étaient fixés sur elle.

Il y avait dans l'avion une jeune fille de noir vêtue. Elle était maussade. Le comportement d'Élitane changea l'expression de son visage. Ses paupières inférieures commencèrent à se soulever. Ses sourcils, ses lèvres, ses narines, tout en elle tremblotait. Les traits de son visage s'altérèrent peu à peu. Elle flageolait. Finalement elle poussa un cri et s'agita diablement dans une crise d'hystérie, en poussant une série de cris amers citant un prénom masculin. Elle venait d'assister à des funérailles en Haïti.

L'avion était comme un salon funéraire. Le cœur de beaucoup de passagers à bord fut attendri par les conséquences du 12 janvier. Au cours du deuxième vol, la mère endeuillée était très inquiète. Elle se demandait comment avait-elle pu agir avec tant d'émotions en laissant son pays pour aller vivre sous le toit d'une étrangère qu'elle ne connaissait même pas.

« Tu es montée à bord de l'avion, tu ne connais pas le pilote. Tu achètes un produit à consommer, tu ne connais pas le producteur. Tu manges dans un restaurant, tu ne connais ni le chef ni les serveurs. En agissant ainsi tu ne fais que risquer ta vie, ce obligatoirement. La vie en elle-même est un risque. Me connaitre et l'inverse sont à égalité, lui fit savoir Michaëlle.

- Mauvais exemples ! lui répondit Élitane avec dédain.
- Bons exemples ! Personne ne connait personne. L'homme est tué par sa femme qu'il croyait connaitre. Beaucoup sont trahis par ceux qu'ils croyaient connaitre. Sois positive, ma sœur ! »

Après sept jours, ils arrivèrent enfin à la République Démocratique du Congo. Ils prirent le bus pour Mwene-Ditu Ville.

Vêtues de blanc, chacune un cierge pascal à la main et une gerbe de fleurs, assises à plat sur le sol par groupes de quarante, des centaines de mères sont là pour accueillir Élitane à l'hôtel de ville. Dans un silence solennel, elles se regardent dans le blanc des yeux. À l'arrivée de l'haïtienne, elles se levèrent et s'avancèrent pour la saluer par un saint baiser et une sincère accolade.

À chaque femme qui venait la saluer, elle montra le portrait qu'elle avait en main depuis l'aéroport. Finies les salutations, elles chantèrent pour Élitane un hymne de tristesse pour lui dire qu'elles sont toutes touchées par ce désastre et que ses fils étaient des leurs. Certaines pleurèrent avec amertume. Mais Élitane n'avait plus de larmes dans ses yeux. Elle avait le mal dans l'âme et une hémorragie à l'esprit.

Cette cérémonie en sa faveur s'apparentait à un véritable culte.

Elle était complètement déchirée et pâle comme un zombi. Elle était entourée de mères certes, mais elle ne pensait qu'à ses fils : son Welventz, son Rénald et son Réginald.

Le trajet avait été très long et le quatuor était vraiment épuisé. Avec une joie immense mêlée d'une grande tristesse, Amandine remercia la communauté pour l'accueil et pour leur sympathie. Elle les remercia également pour les dons faits à Haïti et leur annonça qu'Élitane avait rejoint la communauté. Tous ceux qui étaient là furent très enchantés d'apprendre cette bonne nouvelle. Ils souhaitèrent la bienvenue à Élitane avec des danses au son des instruments traditionnels.

Dans son vaste domaine qui accueille des plus grands spectacles de la ville, Michaëlle avait déjà fait préparer un appartement pour Élitane. Ensemble, elles visitèrent l'appartement. Michaëlle donna à Élitane l'impression qu'elle était venue habiter de façon permanente au Congo. Très fatiguée, elle s'allongea rapidement sur le canapé et sombra dans un profond sommeil jusqu'au lendemain.

Le lendemain, vers 08:00, comme dans l'avion, elle se réveilla avec le même cri : « *Ban m pitit mwen. Ban m yo. M soufri twòp pou yo* ». La gouvernante accourut jusqu'à l'appartement de Michaëlle pour lui dire qu'Élitane était très agitée. Michaëlle se rendit immédiatement dans son appartement pour la calmer. Elle lui fit servir le petit déjeuner, puis l'invita à visiter l'espace.

HAÏTI DANSE

Tôt dans la matinée, Amandine avait déjà passé le coup de fil à Michaëlle pour avoir les nouvelles de leur nouvelle amie. Michaëlle décida de passer la matinée avec son hôte. Elle fit allumer le monitor et trouva une série très humoristique pour Élitane. Ensuite, elle prit un carnet et commença à ébaucher un article pour le numéro spécial de son magazine qui serait consacré exclusivement à Haïti. Ce magazine est tiré à deux millions d'exemplaires.

« Pays de rêves, Haïti, est un paradis perdu. Malheureusement, elle a connu le courroux de la nature. Les forces de l'ombre lui ont fait danser en même temps tous les rythmes en moins de trois minutes. Au cours de cette danse, des milliers de vies humaines sont parties en fumée en laissant des millions de victimes dans le monde. Cette grande famille dissimulée à travers la terre entière, a connu un événement sans précédent dans son histoire.

Actuellement, la situation est très complexe en Haïti. Malgré tout, les haïtiens veulent vivre encore. De nombreux experts se sont prononcés sur le comportement de ce peuple. Ils disent que les haïtiens forment un peuple unique et très fort. Le comptage du temps s'est arrêté pour des centaines de milliers de gens. D'autres vont jusqu'à perdre tout ce qui était leur. On ne pouvait éviter l'inévitable certes, mais on aurait pu mettre des structures en place afin de limiter les dégâts de l'inévitable. Peut-être qu'il y aurait plus de survivants en Haïti, mais ça n'a pas été le cas. Beaucoup de facteurs l'expliquent.

1. À l'école, primaire et secondaire, on ne prend pas vraiment le soin d'assurer une éducation dans le sens large du terme. L'apprenant vient. Personne ne se soucie de son état psychique ou dans quel environnement il évolue. L'apprenant s'assied sur la cour de l'école, en attendant le son de la cloche. On sonne, l'enseignant rentre, dispense son cours, l'apprenant suit, et à la fin de la journée de classe chacun retourne chez soi.

Rares sont les écoles qui organisent des activités parascolaires pour former leurs élèves, qui les apprennent comment piloter une voiture, qui les apprennent la natation ou du moins qui les forment sur le comportement à adopter en cas de catastrophes naturelles. Dans la majeure partie des cas, la formation se résume en quatre points essentiels : être courtois/e, respecter inconditionnellement l'enseignant/e, rédiger ses devoirs et avoir une tête bien pleine. Une fois que tout est ainsi déroulé, on dit que c'est une bonne école. Est-ce seulement le cas d'Haïti ?

2. L'éducation civique et les média. « Le gouvernement n'a pas fait ci ; le gouvernement a fait ça ; voici l'actualité sportive ; tant de personnes ont été tuées à cause de la vague d'insécurité ; au niveau de l'actualité internationale nous avons ceci ; le parlementaire de tel parti déclare cela ; selon les informations non vérifiées il serait... ; monsieur untel, ancien telle chose pense que... ». Critiques non constructives au gouvernement et à l'opposition, reprises des déclarations parfois vides de sens... voici ce à quoi est réduit le contenu de beaucoup de média. Presque tous les média sont prêts à retransmettre une manifestation violente avec tous les aléas qui l'accompagnent. Mais très peu consacrent des heures d'antenne à la formation civique. Diffuser des spots publicitaires, faire connaitre et commenter à leur sens l'actualité – une actualité choquante, qui peut-être réelle ou fictive –, rouler de la musique tube... tel est contenu de leur programmation, 24 heures sur 24. Peu d'émissions pour la promotion des valeurs, pour l'ennoblissement et l'épanouissement psychosocial. Peu de temps consacré à informer la population sur leurs droits et devoirs. Si réellement tous les responsables de média, les directeurs d'opinion, les possesseurs de micros et de caméras, avaient choisi d'investir leur temps et leur pouvoir dans l'éducation civique, Haïti pourrait ne pas conter tant de drames. Toutefois, demandons-nous qui possède les média en Haïti ?

Est-ce que les élites de ce pays sont propriétaires de ce puissant outil de communication ? Qui subventionne les médias ?

3. L'Hôpital de l'Université d'État d'Haïti est archicomble. Un hôpital qui, en temps normal, ne fournissait pas un service [adéquat]. Quel chemin prendre avec les blessés et les futurs cadavres ? À Port-au-Prince, la base de l'Assistance Médicale Cubaine est aussi remplie. Que doit-on faire ? Avec leur blessé soit sur une planche, soit dans une serviette ou un drap, soit sur un brancard, des milliers de gens font le tour de la ville pour trouver les premiers soins. Des jeunes secouristes ont offert les premiers soins aux victimes, mais ce n'était pas suffisant. Pas de place dans les hôpitaux non effondrés de la ville. Que faire ? On n'a pas d'autre alternative que se rendre en province. Les hôpitaux des provinces, pour la plupart, sont pires que l'Hôpital de l'Université d'État d'Haïti. On y va quand-même. Dans quelle ambulance et comment doit-on s'y rendre ? Combien de médecins et d'infirmières étaient disponibles ? Dans les centres de soins, on ne conjugue qu'un seul verbe : « amputer ». Des blessés qui pourraient être soignés avec patience ont été objets du verbe « amputer ». On n'a pas de données statistiques sur le nombre de morts suite aux amputations. Mais, ils sont nombreux ceux qui ont dit non à la vie suite à une amputation parfois non nécessaire. Nous avons recueilli plus d'une centaine de témoignages des familles de victimes à ce sujet. Par manque de soins aussi, beaucoup de plaies sont infectées pour ensuite causer la mort. Tous viennent de partout, se disent médecins et interviennent comme bon leur semble sur le corps des survivants. Y avait-il un système de santé en Haïti auparavant ? Tout de suite après le séisme, avait-on des normes régissant l'intervention du personnel médical sur les corps des patients ? Et qu'en est-il des institutions chargées de la coordination générale de l'aide médicale ? En aurait-il pu être autrement ?

4. La durée du séisme ne fut pas celle d'un petit bonjour. Elle ne fut non plus celle d'un discours d'investiture. Aussi courte qu'elle ait été, des milliers d'édifices n'ont pas pu lui résister. En quelques minutes, ils sont tous réduits en un mélange de béton, de sang et de chair. Qu'est-ce qui explique cela ? Le problème se trouve à la base. Qui étudie les sols pour les constructions ? Qui se soucie du poids du bâtiment et de la nature du sol ? Quelle est l'organisme étatique qui supervise les constructions ? Souvent, pour entamer une construction, il suffit de payer un permis de construire. Pour agrandir un bâtiment déjà construit on se contente de mettre des étages, sans savoir, s'il a été conçu pour les recevoir. Tel est le cas de plusieurs lieux de cultes, maisons résidentielles, écoles, universités et autres, écroulés avec des vies. S'il y a autorité en la matière, comment s'en informer ? La population, était-elle en mesure de respecter ces éventuelles normes de construction ?

5. Le cas des camps. Dans presque tous les vastes camps on peut voir le symbolisme d'un pictogramme de DANGER DE MORT. Pas de présence de l'État. L'hygiène n'existe que sous quelques tentes et non dans les camps en entier. Ce qui est navrant dans toutes ces calamités, presqu'absolument tout – la selle, l'urine, le bain, et même la cuisson – se fait au même endroit dans de nombreux camps. Pour oublier certains souvenirs, pour bénéficier d'une aide, pour satisfaire leur désir, plusieurs transforment leur tente en bordel. Les nourrissons mangent et fument avec les adultes. Très peu d'activités culturelles. Nombreux sont ceux qui ont désespérément besoin d'un psychothérapeute pour les accompagner. Chacun gère ses maux avec ses propres mots. Tout ceci contribue à la disparition des vies. On ne voit que les deux minutes et trente secondes. Et avant ? Et après ? La vie dans les camps est un séisme permanent, mais sans vibrations.

Tant d'autres facteurs ont joué un grand rôle dans l'extinction de ces centaines de milliers de vies humaines. Il n'y avait personne pour dire : Halte ! Ce n'est pas bien ! Sinon que la forme d'opposition politique qui se trouve souvent être une opposition sans propositions.

Quand un œil sera ouvert sur la formation universitaire, quand l'éducation civique sera intégrée dans le parcours académique, quand les parents se soucieront de l'espace où l'on forme leurs enfants, quand les jeunes seront moins oisifs et plus créatifs, quand les leaders des grandes confessions religieuses assureront eux-mêmes la construction des lieux de culte pour les adeptes de leur foi, quand l'État prendra à cœur ses responsabilités, quand on valorisera la psychothérapie, quand on favorisera l'urbanisation, quand tous les média seront [plus] engagés dans ces problématiques, ... un séisme pourrait avoir lieu dans ce même pays, à la même durée, sur la même échelle, il y aurait certainement moins de victimes. »

Élitane riait à tue-tête en regardant la série. Elle essayait de se réjouir le cœur. Elle ne dit rien à la rédactrice. Elle ne faisait que rire. L'atmosphère était tout à fait paradisiaque, l'espace, bien aéré et l'environnement, très attrayant, avec beaucoup de couleurs associées à l'harmonie, la paix, la joie et l'amour dans la pensée congolaise.

Tout en écrivant son article, Michaëlle gardait l'œil sur Élitane. Quand elle finit de mettre ses idées sur du papier, elle les partagea avec Élitane pour avoir ses commentaires.

« Hé, Tane ! lui dit-elle en tapant ses mains.

- Je suis là, c'est tellement comique, répondit-elle avec un sourire !
- Alors, je te laisse finir avec.
- Non, non, parle-moi, je t'écoute.
- Finis avec ta série.

- On peut parler, j'éteins l'écran.
- Voici l'ébauche d'un article que je vais écrire sur le séisme.
- Tu as parlé de mes fils ? Tu as parlé de Wols ? C'était l'autre dernier. Il a expiré sous mes yeux. Tu as parlé de Rénald ? Je lui ai affermé un appartement au cimetière. Sous peu je dois lui apporter un drap. Il a froid ! Je l'aimais trop.
- Non, c'est une analyse sur le nombre de décès, les facteurs...
- Tu as parlé de Réginald ? C'est la chair de mon sang.
- Non ! Je n'ai pas parlé de ma fille que j'adorais.
- Nous sommes mordues jusques aux os par la vie.
- Tiens » (elle lui tend le carnet).

Élitane lut avec attention et retint point par point tout ce qui est exposé dans l'analyse de Michaëlle à la toute première lecture.

« Déjà le titre de l'article c'est ?

- Je ne l'ai pas écrit ?
- Non
- Désolée ! Le titre c'est : Peut-être plus de survivants...
- Tes idées ne sont pas intéressantes, cependant il y a de très grandes modifications à faire.
- Lesquelles ?
- Le dernier paragraphe est sujet de controverse. Il faudrait t'informer davantage et mieux argumenter tes prises de positions. Tu as soulevé la question de la responsabilité de l'État sans parler de la contribution citoyenne. Or, l'État, c'est l'ensemble des citoyens. Nous pourrions faire une mise en commun des ressources humaines et matérielles pour créer quelque chose. Non, tous nous attendons un Gouvernement,

une entreprise pour un emploi. Pour le séisme nous n'avions pas attendu l'aide de l'État, ni celle des étrangers pour retirer nos sœurs et frères sous les décombres. C'était la solidarité citoyenne, c'était un bel exemple.

- Quoi encore ?
- Pour être franche, je ne saisis pas trop le contenu de ton article. Que voulais-tu dire ? De quoi voulais-tu parler ?
- Des causes ayant occasionné toutes ces pertes en vies humaines.
- Je pensais que tu mentionnerais la situation socioéconomique du pays comme cause occasionnant les constructions anarchiques et à risques, ainsi que la concentration massive des gens dans les métropoles non structurées et n'ayant pas une trop grande capacité d'accueil, également le manque d'alerte sur le séisme.
- Je peux toujours les ajouter.
- Tu n'as pas mentionné les homicides involontaires sur les survivants.
- Homicides sur les survivants ?
- Au fait, quand on arrive à retirer un survivant sous les décombres, soit après plusieurs jours de soif, il demande de l'eau. Une fois que l'eau lui a été donnée, il meurt.
- Ah bon !
- Oui. Je pense qu'il serait mieux que tu prennes tout ton temps pour analyser davantage la situation. Ensuite réaliser des travaux de terrain, et si possible, consulter des spécialistes avant d'évoquer certains faits comme arguments. Je trouve l'article manqué. Une analyse des causes prendra du temps, surtout s'il faut affirmer.
- J'ai eu beaucoup de données de Steven.

- Je suis certaine que si c'était pour un autre pays tu ne t'arrêterais pas à une seule personne.
- Tu veux dire ?
- Rien. Haïti est une famille, une grande famille, une famille divisée dans le bonheur et unie dans le malheur.
- C'est une famille certes…
- Michaëlle, quand le cœur est souffrant, une preuve d'empathie et de sympathie, c'est ce dont il a besoin. Tout ce qui s'écrit dans la presse, tout ce qui se dit dans les communautés humaines, en ce moment, devrait porter chacun à voir comment on pourrait aider un Haïtien. Ton article n'est pas approprié au drame. Je te propose un titre : *« Les véritables façons d'aider le peuple haïtien dans la dignité et la vérité »*. Tu en penses quoi ?
- Très bonne idée !
- Ça, ce sera super intéressant. Je voudrais aussi que tu soignes l'image de mon peuple.
- Je dirai la vérité.
- Nous avons besoin de l'aide, de l'aide qui ne va pas faire de mon peuple un peuple à béquilles. Aussi, mon peuple a besoin de faire soigner son image, une image positive d'Haïti vendue un peu partout dans le monde aidera à améliorer les conditions de vie. Une image positive permettra qu'on nous fasse confiance, ce capital facilitera notre croissance. Micha !
- Tane !
- J'aime mon peuple. »

Amandine ne lâcha sa nouvelle amie d'une semelle. Il était 10:55 ce matin de février et elle était à son deuxième coup de fil chez Michaëlle. Élitane est très contrariée par l'article de Michaëlle. Selon elle, sa nouvelle amie voulait dénigrer son peuple et faire suspendre l'aide. Le sourire sur son visage disparut brusquement. Elles parlèrent encore sur la question de l'image d'Haïti quand le téléphone sonna.

« Hello ! C'est Madame Damas, je voudrais avoir Élitane au bout du fil, l'haïtienne.

- Dine, c'est moi, répond Michaëlle.
- Tu n'es pas au bureau aujourd'hui ?
- Non, c'est pour lundi.
- Je voulais me reposer un peu.
- Sans doute c'est Monsieur Damas qui t'a influencé ?
- Pour une fois tu dis vrai (elles rient). Dis donc chérie, comment va Élitane ?
- Elle essaie de se reprendre. Il y a un instant, elle regardait une série. On était à discuter du contenu d'un article que je comptais publier dans le numéro de ce mois.
- Tu peux lui passer l'appareil ? Je voudrais lui dire un petit bonjour.
- Attends Dine, il faut qu'on planifie une petite sortie avec elle.
- C'est ce que j'ai appelé pour lui dire. Cet après-midi je passerai vous prendre pour aller au lac.
- Sans m'avertir.
- Arrête. Je sais que tu es jalouse.
- Pas autant que toi (elles rient).
- Tu avais pensé à quoi ?
- À une partie de pêche. Elle, toi, moi et Ducange. Passe-lui l'appareil, ma chérie.
- Tout de suite, Dine. »

Pendant qu'elle parlait à Amandine au téléphone, Élitane était déjà inconsciente et immobile sur le canapé.

« Dine, je te rappelle. Il parait qu'elle s'est évanouie.

- Quoi ? Mon Dieu ! Cette femme souffre trop.

- Elle est toute immobile. Je te rappelle, Dine.
- Je reste au bout du fil. Va voir ce qu'elle a. »

Michaëlle déposa le téléphone. Rapidement, elle prit un peu d'eau pour tamponner le visage d'Élitane qui ne réagit toujours pas.

Elle commença à s'affoler.

« Mon Dieu, mon Dieu ! Aide-moi, je t'en prie. »

Elle reprit l'appareil.

« Dine, ça ne va pas.

- Qu'est-ce qui ne va pas ?
- Bon sang, je te dis que ça ne va pas.
- Mais qu'est-ce qui ne va pas ?
- Je suis dans la merde !
- Michaëlle ! Calme-toi ! Dis-moi ce qui ne va pas.
- Dine, Élitane est inconsciente.
- Calme-toi. Respire. Bois un peu d'eau. Ensuite tu vas contrôler son rythme cardiaque, sa respiration et son pouls. Je t'attends. »

Michaëlle fit tout ce qu'Amandine lui avait recommandé. Rien ne semblait normal.

Elle reprit à nouveau le téléphone.

« Dine, elle ne respire plus.

- Je vais appeler l'ambulance maintenant. Je te rappelle. Que la Sainte Vierge qui a connu la souffrance et la douleur ait pitié d'elle ! »

En peu de temps l'ambulance arriva. On la transporta à la salle des urgences. Près de cinq médecins et trois infirmiers sont à l'œuvre. On essaya de la ranimer. À 11:40, soit 45 minutes plus tard, Amandine et Ducange rejoignirent Michaëlle à la salle d'attente de l'hôpital. Ils la serrèrent fortement dans leurs bras pour la rassurer.

« J'ai prié la Vierge. J'attends sa réponse.

- La Vierge ! Elle t'a entendu ?
- Oui, j'en suis sûre. Elle m'exaucera selon la volonté du Père.
- Si sa réponse dépend de la volonté du Père, pourquoi n'as-tu pas prié le Père lui-même ?
- L'important, c'est que j'ai prié. Comment va-t-elle ?
- Je n'ai pas de ses nouvelles depuis son entrée à l'hôpital.
- Dis-moi ce qui s'est passé exactement.
- Ce matin, c'est Merlande qui m'a fait appeler me disant d'aller voir Élitane en toute hâte. Quand je suis arrivée, c'était comme dans l'avion. J'ai essayé de la calmer. Suite à cela, elle prit le petit déjeuner et je restai auprès d'elle. Pour l'aider à se détendre un peu, je lui proposai de regarder quelques épisodes d'une série humoristique. Ce qu'il lui a plu de faire. Elle regardait cette série très intéressante pendant que j'écrivais un texte.
- Elle t'avait dit qu'elle ne se sentait pas trop bien ?
- Non, non. Au contraire, elle riait à tue-tête.
- Après ?
- On a discuté du contenu de mon ébauche de texte. Elle en a refusé catégoriquement le contenu. Elle voulait que je sensibilise mes lecteurs à aider son peuple et que je vende une image positive de son pays. On parlait encore quand j'ai reçu ton appel. C'est pendant notre petite conversation qu'elle…
- Ne pleure pas. Restons positives. »

Ducange faisait des allées et venues sur toute la cour de l'hôpital. Les médecins firent appeler d'autres médecins pour voir si la femme pourrait survivre. Après trois longues heures, les nouvelles n'étaient pas bonnes. Élitane est mourrante.

Les prières ne manquèrent pas en faveur de la femme haïtienne qui venait de quitter son pays après avoir enterré ses trois uniques fils.

5

Les jours passèrent. Certains esprits commencèrent à se détourner des victimes du drame. Les experts des ONG et de la communauté internationale se retirèrent graduellement. On commença à fermer certains programmes. Tout semblait redevenir comme auparavant, même s'il y avait des familles entières sur les éboulis ou traînant dans les rues, ou quelque part dans un espace public ou privé, attendant la bienveillance de certaines institutions. La solidarité nationale et internationale diminua peu à peu. Chacun devait s'armer de courage pour affronter les anciens et les nouveaux défis de la vie, les défis sociaux, les défis économiques, les défis politiques et les défis mentaux.

Amandine tenait toujours à Haïti. Ducange, lui, soucieux des enfants, continua à faire des dons à une organisation œuvrant en Haïti, tout en soutenant financièrement trois familles sans pères ni mères.

Le 29 Décembre 2012, alors que Rachel cherchait un livre pour se documenter pour un devoir, elle trouva dans un livre que Ducange lui avait remis un chèque de cinq cents dollars qui devrait être tiré d'une banque étrangère sur le compte de Jean Ducange Damas. C'est à ce moment qu'elle chercha à entrer en contact avec lui pour le remercier pour cette somme considérable qu'il lui avait offerte, lors de leur rencontre, deux ans plus tôt, en janvier 2010.

Elle se rendit dans un cyber café pour un appel vidéo.

« C'est Rachel Jacques, d'Haïti.

- Rachel ! Ça fait presque trois ans.
- C'est…
- Oui, c'est. Tu ne peux rien justifier !
- Vous avez raison.
- Je suis content qu'on puisse parler.
- Moi également !

- Tout le monde va bien ?
- Euh… Oui… Quelle nouvelle ?
- Les nouvelles de Rachel. C'est ça la nouvelle !
- C'est maintenant que j'ai trouvé ton cadeau. Merci infiniment. Merci.
- Quel cadeau ?
- Le chèque…
- Ah ! Je voulais te faire une surprise. Dis donc, qu'est-ce qui s'est passé en Haïti depuis après le séisme ?
- Beaucoup de choses. Tu trouveras tout sur l'internet.
- Moi, je veux des infos venant de toi. Qui me dit qu'on ne déforme pas la réalité ?
- De toute façon, on ne va pas la déformer complètement. Moi aussi, je peux traiter ces infos sur l'angle qui me plait.
- Attention ! Y a différence entre traitement de l'information et déformation de l'information. Ce n'est pas la Rachel qui était au stade ? Comme tu as changé !
- Non, je n'ai pas changé. Je suis toujours haïtienne.
- Beaucoup d'Haïtiens sont toujours fiers de leur nationalité !
- Tous les haïtiens qui connaissent leur histoire, qui ont vu les images des tortures des haïtiens de la part des colons, le sont.
- Peut-être, oui. Qu'est-ce qui s'est passé là-bas depuis après mon départ ?
- Beaucoup de faits. De très drôles et longues histoires.
- Les histoires de Rachel sont toujours longues. Tu as mon adresse. Tu m'envoies une correspondance ? Je ne veux pas de documents électroniques.
- Je ferai de mon mieux. Mais je ne promets rien.
- J'assiste à une réunion. On ne va pas trop rester. Dis aux autres que nous, à la RDC, pensons fort à eux. Nous aimons Haïti.

- Je le ferai. Prends soin de toi. Je t'embrasse. Passe le bonjour à Amandine.
- Promis. Sois positive. Nous t'embrassons et nous t'aimons.
- Je vous aime tous.
- Sois forte.
- Merci. Au revoir !
- Bye. »

Rachel ne tarda pas à agréer la requête de son bienfaiteur. Bien avant, elle alla ouvrir un compte en dollars pour déposer son chèque qui allait expirer dans moins d'un mois. Tout près de son camp, il n'y avait pas de banque. De plus, elle n'avait pas assez d'argent pour ouvrir le compte. Elle escompta vingt dollars pour les rembourser dans deux semaines, lorsqu'elle aurait l'argent en sa possession. Elle retourna sous sa miteuse tente avec la ferme assurance que dans dix jours ouvrables elle aurait une autre vie. Déjà, elle commença à penser comment investir son argent dans la transformation des produits agricoles en vue d'avoir de la farine d'arbre véritable, de l'huile de Moringa, de la gelée, du beure d'arachides...

En rentrant chez elle ce soir, elle passa chez une voisine qui lui vendit à crédit un demi-litre de kérosène pour allumer sa « *tèt gridap* ». C'étaient les rayons des flammes de ce lampion qui l'éclairaient la nuit dans la rédaction du texte de son mémoire de sortie pour l'obtention de sa licence.

Une fois sous sa tente, elle prit du sucre, le fit dissoudre dans l'eau froide. Ensuite, elle prit un morceau de « *bobori rasi* » que sa cousine, qui était revenue de *Petit Harpon*, lui avait apporté. Elle l'arrosa avec la solution d'eau sucrée et commença son souper traditionnel depuis tantôt deux mois. Puis, elle entama la rédaction du texte qu'elle comptait envoyer à Ducange.

« Haïti a entendu. Haïti a vu. Haïti a vécu.

HAÏTI DANSE

L'histoire est vraiment longue. Je vais essayer de partager avec toi, en peu de phrases, les faits qui ont le plus retenu mon attention. Je commence n'importe où.

Tout de suite après le séisme, de nombreux artistes ont composé et interprété des morceaux musicaux en hommage aux disparus, et pour sensibiliser la communauté humaine mondiale. On a organisé des programmes de levée de fonds pour Haïti. C'était bien ! Des compagnies téléphoniques étrangères ont aussi contribué financièrement à leur niveau. De nombreuses équipes de secours de différents pays tels la France, les États-Unis, la Suisse, le Venezuela, la République Dominicaine, ont été envoyées en Haïti pour participer aux opérations de sauvetage.

Superficiellement, la situation semble être améliorée depuis les élections. Selon certains commentaires, un vent d'espoir semble souffler sur le pays. Je ne dis pas que les choses vont s'améliorer, mais bon nombre de citoyens affirment que ça ira pour le mieux, surtout au niveau de l'éducation et de la formation professionnelle, si toutes les promesses sont tenues.

Je ne suis plus au Stade. Nous en avons été expulsés. Quelques jours après que vous avez laissé le pays, sous l'ordre de leur patron, les forces de l'ordre sont venues, et elles ont démoli toutes les tentes. Puis, elles nous ont fermé l'entrée du stade. Nous étions à une période pluvieuse. Vous imaginez le reste. Maintenant je suis à Corail, un autre camp. C'est à une heure de voiture de Port-au-Prince. On vit sur le compte du Bon Dieu.

Tu avais vu comment les gens vivaient dans les camps. La situation était infâme. Elle est toujours la même dans plusieurs endroits. On arrive à enregistrer plusieurs cas de viols et de vols sous les tentes, dans des camps, en divers lieux du pays, et même sur la voie publique. Plusieurs soldats étrangers ont été accusés de viol sur un jeune garçon. Ils l'ont sodomisé et ont filmé le déroulement de l'acte. Une haute personnalité politique est aussi accusée de viol sur deux jeunes garçons d'une même famille, viol et inceste. Une seconde est également accusée de harcèlement sexuel et de viol sur sa secrétaire qui serait sa maitresse. Le soir, dans beaucoup d'endroits, des brigands dépouillent des passants et viennent se cacher sous des tentes. Le temps est aux forbans sans costume.

Environ un mois après le séisme, on ne s'était pas encore remis du deuil. Tout le pays fut invité à la prière et au jeûne pendant trois jours, en lieu et place du carnaval traditionnel. Majoritairement, on s'était vêtu de blanc pour rendre un culte à Dieu.

Février 2010, en pleine famine, l'aide alimentaire fut suspendue pour encourager la production nationale en faillite depuis vers les années 1970-1980. Quelle production ? Quelle nationale ? Personne ne sait. Pas de travail, pas de *re-construction,* plus d'aide alimentaire. C'est la misère noire. Des gens continuent à mourir de déshydratation et de soif. Le taux des malnutris augmente. On survit quand-même. Avant tout, nous sommes haïtiens. Nous formons un peuple fort.

Les humanistes d'Outre-Mer étaient très généreux. Certains d'entre eux voulaient donner jusqu'à leur poussière. Mais, on a interdit de recevoir pour Haïti. Selon les bruits de couloir, ç'aurait été une décision diplomatique et économique, car le bénéfice reviendrait davantage au pays donateur de l'aide alimentaire.

Les dégâts du séisme, en biens matériels, furent évalués à des milliards de dollars. On va re-construire. Qui va financer la *re-construction* ? La production nationale ou l'aide qu'on préfère recevoir en espèce ? On ne sait pas. Le 21 avril 2010, on a mis sur pied une commission de *re-construction* du pays.

Une commission coprésidée par un citoyen étranger. Cette entité a soulevé de nombreuses questions. Mais, ce n'étaient pas les questions qui avaient pris cette décision. Ce sont les patrons du pays et leurs alliés qui l'avaient prise.

Personne n'ignore que l'éducation scolaire est un facteur important dans le développement de toute société. Ainsi donc, quelques mois après le séisme, après plusieurs rencontres, on a annoncé la réouverture des classes dans presque tous les départements. Un séisme a frappé deux départements d'un pays et les huit autres deviennent boiteux. L'affaire, tout est concentré dans la capitale. On pourrait même parler de la République de Port-au-Prince.

Les meilleures solutions immédiates à proposer à un cœur attendri par une perte matérielle ne sont autres que des promesses de restructuration. Des gouvernements, des institutions financières, des ONG et des institutions internationales, ils font tous des promesses. Ils comptent donner des millions de dollars pour aider à retirer les 19.000.000 de mètres cubes de décombres, construire des logements sociaux, reconstruire les bâtiments logeant les institutions publiques ainsi que le palais national.

On claironne partout que les haïtiens ont reçu de l'aide. Où est passée cette aide ? Qui l'a mangée ? *Aloufa*[29] a donné tant millions de dollars pour Haïti. C'est très généreux et c'est à féliciter. De cette somme qui n'est pas encore décaissée, une partie paie les publicités afin que tout le monde sache qu'il a fait un don. Une partie paie les frais de voyage, la rédaction des projets, les rencontres et l'hébergement de l'aide. L'autre partie est séparée entre les concernés. Mais on dit au monde entier qu'Haïti a été aidé.

---

[29] Sens : glouton, rapace

JEAN CARMY FÉLIXON

La commission est active. On fait tout au frais de l'aide, mais le peuple est toujours dans les rues. Pluies, vents, insécurité : on doit rester sous les tentes. On n'a pas d'autres endroits où aller. L'aide finance tout, sauf des projets de développement durable. D'ailleurs, quel intérêt ce citoyen qui co-préside la CIRH aurait à voir Haïti se développer ?

En constatant l'évolution de la situation, les choses ont pris une autre tournure. On n'a plus affaire aux abris provisoires. Les sinistrés construisent des abris permanents dans les camps, des abris de fortune qui peuvent résister aux intempéries. Alors que les ONG construisent des pseudos-maisons de transition.

Entre temps, on doit remplacer le président du pays. On doit organiser les élections. Qui est prêt à siéger comme présidente ou comme président dans ce pays de décombres ? Les élections sont prévues pour le 28 novembre 2010. Le 7 août 2010 on publie la liste électorale : trente-quatre paires de fesses en compétition pour une seule chaise.

Alors que beaucoup d'yeux sont rivés sur les élections, Haïti va danser une autre danse. Des millions d'haïtiens, vivant dans le département de l'Ouest, vont être effrayés par une tornade meurtrière d'environ dix minutes. On est le 24 septembre. On eut peur, on eut froid, on tremblota. Les tentes n'ont pas résisté à la force du vent, tandis que les arbres géants se sont arrachés du sol. Partout c'est la panique. On voulut tous trouver refuge contre les forces de l'air et de l'eau. Selon les rapports officiels, cinq personnes seraient mortes sans compter les blessés et les dégâts matériels.

Cette danse n'avait pas réuni suffisamment de spectateurs. Le mois suivant, un autre spectacle dans le département de l'Artibonite. Des gens meurent par dizaines à la suite d'une diarrhée aigüe et des vomissements. C'est quoi ce spectacle ? Tout le monde est perplexe. Le gouvernement a vite réagi. On doit savoir ce que c'est. On déclare que c'est le choléra. On doit cuire les légumes. On doit éviter les crudités. On doit se laver les mains constamment. On ne doit pas consommer les fruits de mer. Comme mesure préventive, on doit mettre beaucoup de chlore dans l'eau qu'on utilise. Oh non ! Le chlore a des effets néfastes. Faisons bouillir l'eau ! Encore non, il faut protéger les arbres. C'est au charbon de bois que la majeure partie du peuple a droit. C'est trop compliqué. Traitons l'eau qu'on utilise avec des pastilles pharmaceutiques. Trop de recommandations. Laquelle est meilleure ? On ne sait pas. Le taux d'infectés s'accroit considérablement. La liste des victimes décédées s'allonge. Est-ce une partie de la terre qui a tremblé pour donner jour à cette pandémie ?

Des haïtiens corrompus jusqu'aux cheveux essaient de cacher la vérité sur la cause et l'origine de cette pandémie. Enfin, l'information est donnée par un chercheur français : le choléra a des origines asiatiques. Il est de l'Asie Centrale. Il a fait un long parcours pour s'installer en Haïti, grâce, bien sûr, aux soldats népalais de la MINUSTAH, et arrive dans l'intestin des haïtiens via les matières fécales de ces soldats. Quel rapport y a-t-il entre les matières fécales népalaises et l'intestin des haïtiens ? Quoique dans la misère noire pour la majorité, les haïtiens, ne mangent pas certaines choses. À défaut de nourriture consistante, certains mangent des mangues bouillies et consomment de la terre cuite. Les excréments de ces soldats ont été jetés dans le fleuve de l'Artibonite, une eau qui dessert toute une population. C'est ainsi que l'eau a été contaminée par le vibrion cholérique. La grande question reste en suspens : qui se charge de la suite des défécations des employés de l'ONU en Haïti ?

L'État cherche des solutions, le peuple également : « *se mèt kò k veye kò* ». D'une part, on organise des manifestations contre la présence des soldats étrangers sur le sol d'Haïti. D'autre part, on agit contre les « *bòkò* », les *hougans* et les *mambos*, qui auraient, à partir des combinaisons chimiques à caractère sorcier, composé une poudre, « *poud kolera* », pour tuer des gens par des pratiques maléfiques. Près d'une centaine d'adeptes du Vodou auraient été tués, en grande partie dans le département de la Grand'Anse. Le choléra s'étend maintenant dans tout le pays. Il a tué des milliers de gens et en tuera encore. À date, les concernés n'ont rien fait pour dédommager les victimes et leurs familles.

Les jours marchent à grands pas, on doit organiser les élections législatives et présidentielles. Quelques jours avant les élections, les candidats avaient dû faire un face-à-face au cours duquel, ils se mirent à accuser le pouvoir en place de faire ci et de ne pas faire ça. Ça n'a pas trop marché. La majorité des candidats auraient un quelconque lien avec le pouvoir en place ou l'un des pouvoirs antérieurs. Parmi les plus populaires, un seul chante publiquement qu'il a les mains pures. C'est un chanteur très populaire, surtout pour son investissement dans le social.

Si, selon l'opinion publique, il n'aurait aucun lien avec les régimes d'avant, sa bouche devait des explications au peuple. Une bouche qui a si souvent lancé des propos triviaux et sexistes. Mais, beaucoup de citoyens aiment la trivialité, et sont machistes. Selon certaines sources, il aurait le doigt trempé dans plusieurs coups d'État dans le pays. Bon stratège, il ne parle que d'une chose : le changement. Disant que le peuple est *bouke*[30] avec les politiciens traditionnels qui ont des diplômes, qu'il faut un changement de système. « On a beaucoup changé d'acteurs, il faut changer le système », claironna-t-il partout. À noter, qu'il a parlé de changement et non d'amélioration. Très adroit et très sensationnel, il s'est fait homme de terrain et exposa avec habileté sa politique administrative que de nombreux citoyens haïtiens ont applaudi.

---

[30] Fatigué, à bout de souffle

HAÏTI DANSE

« Seules les élections peuvent changer la situation en Haïti », c'est ce qu'on fait croire aux haïtiens. On ne leur a jamais dit que c'est le niveau de la conscience collective qui doit être élevé. On ne leur a jamais dit que c'est l'éducation familiale qu'il faut renforcer, que c'est l'altérité qu'il faut cultiver, que ce sont les dirigeants du pays qui doivent prendre de bonnes décisions et donner de bonnes orientations, que ce sont des réformes institutionnelles qu'il faut entamer.

Les haïtiens doivent voter, mais pour qui voter ? Parmi les plus influents, il y a le favori du pouvoir en place, le chanteur précité, une professeure-constitutionaliste. De nombreux citoyens savent déjà pour qui voter.

Le favori symbolise la continuité du pouvoir en place – ce pouvoir qui avait promis de l'engrais pour lutter contre la famine. Le peuple ne veut pas continuer avec le mathématicien agronome. La professeure-constitutionnaliste a des gens lettrés et illettrés qui la soutiennent. Cependant, des éventuels faits liés à sa vie privée et à celle de son mari, ex-président du pays, l'exposition de sa politique, ses stratégies durant sa campagne électorale, ses discours... apparemment, ne jouèrent pas trop en sa faveur. Dans sa campagne, elle a tout fait pour gagner des voix. Elle arriva même à s'habiller en *brenjenn* juste pour essayer d'avoir la cote auprès des gens des ghettos et les quartiers populaires. Le chanteur, lui, aurait convaincu beaucoup de gens dans les campagnes comme dans les « petites grandes villes ». Mais, un groupe de leaders religieux réformés recommandèrent à leurs fidèles de ne pas voter pour un homme qui a un profil d'immoral. Chez un autre groupe de leaders religieux c'est tout le contraire. Ils parlèrent de la justification en Christ, de l'inexistence de la théorie « plus juste que l'autre ». Ils allaient même, en plein culte d'adoration, à donner la chaire de leur église à ce citoyen étiqueté d'immoral, toujours dans le cadre de sa campagne électorale.

Au sujet des élections, un ami avait publié un article sur son blogue.

« Les élections pour bientôt, chaque citoyen a une responsabilité.

La date des élections approche. On va commencer avec les campagnes. On va investir des êtres ordinaires de pouvoirs extraordinaires : des pouvoirs de décider de nos finances, de notre temps, de notre famille, de l'éducation de nos enfants, de notre horaire de repos et d'activité, de notre santé, de notre liberté de culte, des éléments de notre culture, de notre alimentation, de nous-mêmes. Il est plus qu'important de nous impliquer à fond dans les élections, car l'avenir de notre nation en dépend.

À l'approche des élections, les candidats vont, un à un, défiler dans tous les corridors des quartiers de non-droits avec des paniers faits de mots pour récolter des voix pour une chaise, une chaise d'immunité, de sirène nuisible et du droit de nuire aux autres en toute tranquillité. Ils n'ont pas besoin de discours bien écrits, ni de mots convaincants. Ils vont juste dire, non ce qu'on doit entendre, mais ce qu'on veut entendre. Ils n'ont qu'à prononcer les slogans : « descendre du riz ; aller l'école gratis ; donner courant 24/24 ; les petits malheureux vont travailler ; faire route dans la zone », et cela suffit. Le candidat qui prononce ces mots avec beaucoup plus de hardiesse et après certaines négociations est élu.

Pour une meilleure manipulation par l'empathie, quand ils arrivent dans ces « zones chaudes », après avoir négocié avec les « non policiers policiers » de ces zones, ils laissent leur bouteille d'eau traitée dans leur voiture, parfois dans la voiture de l'un de leurs complices, pour placer leur bouche et leurs mains, dans une malpropreté hygiénique, boire l'eau non filtrée du robinet. En renforcement à cela, ils se placent auprès d'une marchande de *chenjanbe* » ou de *bann a pye* », et achètent vingt-cinq gourdes « du riz à pois et à légumes ou à sauce », ensuite cinq gourdes de « jus bien frappé ». Résultat escompté et trouvé : le peuple dit qu'ils sont sympathiques, qu'ils ont mangé et bu avec le peuple, qu'ils ne sont pas présomptueux, qu'ils comprennent la douleur des « mamans de petits ». En d'autres termes, ils sont les candidats idéaux à qui donner la chaise parce qu'ils ont épousé momentanément leur mode de vie.

Beaucoup de ces pauvres gens n'ont personne pour les orienter sinon qu'un pauvre pasteur qui, le dimanche matin, transforme la chaire de son église en tribune électorale pour les campagnes. Selon ce leader religieux, chaque candidat qu'il soutient est un Moïse, c'est Dieu qui envoie un Libérateur, car il a entendu les cris de son peuple. Ceux qui avaient l'intention de voter pour untel-unetelle, contre untel-unetelle, entend le « cupide-pasteur-boucher » leur dire qu'il a eu une révélation et que le Seigneur demande à l'église de voter pour untel ou unetelle. Le soir suivant, sœur unetelle, dame missionnaire devant l'Eternel, aura la même vision nocturne.

Ceux qui connaissent le « B.A.-BA » de l'alphabet ou le « A » dans une feuille de « *malanga* » avec une certaine aisance, ne font pas mieux que ces bouchers religieux qui marinent de publicités électorales l'école du dimanche. Soit qu'ils vendent leur bulletin pour un « *Hyppolite* » à condition d'influencer d'autres électeurs, soit qu'ils votent pour plaire à un-e ami-e, pour un barbecue, un spaghetti, un *« ji blennde »* ou un « *koupe* ». Si voter est un jeu, ils jouent pour gagner. Ceux qui s'y opposent ou prennent du recul sont très peu nombreux, et ils ont peur d'affirmer publiquement leur position afin de ne pas être victimes de sorcellerie ou fusillés par les tigres-vautours de ces candidats. C'est la triste réalité d'Haïti, notamment dans les bidonvilles des métropoles, à l'approche des élections.

JEAN CARMY FÉLIXON

Des hommes-crabes, des femmes-crabes, qui ne veulent pas que d'autres sortent du trou, et qui sont prêts à tout pour éliminer n'importe quel adversaire, se font d'humbles hommes bienveillants pour manipuler la conscience des autres et les influencer par tous les moyens afin de les aider à avoir cette chaise. Et après avoir eu la chaise, les premiers monstres à abattre seront ces électeurs. Cet abattage peut se faire par le financement de l'insécurité contre les résidents de ces banlieues ou par la vente d'une image très négative d'eux. Mais, cet abattage se fera sur mesure car, bientôt, ils auront besoin de ces masses pour embellir les manifestations de *« Aba »* ou de *« viv »* untel !

Quant à certains média, ils ne sont pas plus malhonnêtes que la malhonnêteté elle-même. Ce sont les campagnes électorales : ils jouent pour gagner. À des hommes et des femmes qu'ils ne donneraient jamais leur micro même pour dire bonjour ou merci, ils vont diffuser leur spot publicitaire, demandant aux citoyens de voter pour eux. Personne ne sait plus où « elle est garde quand l'argent est tombé ». Les éventuelles valeurs prônées par certains de ces média se vendent aux taux du jour. Par le puissant pouvoir qu'ils sont, ils influencent le subconscient des récepteurs afin qu'ils soutiennent tel candidat à tel poste. Pourquoi le patron ou la patronne de cette chaine de télévision accepte de diffuser le spot d'un candidat qui ne mérite pas son vote ? Est-ce vraiment *« l'argent fait chien danser »* ? *« Jour va, jour vient ; bâton qui bat chien noir, c'est lui qui bat chien blanc ».* Manipulez aujourd'hui, manipulés serez-vous demain.

On va demander de voter autour de ces mots : Éducation, Énergie, Santé, Logements, Travail, État de Droit, Environnement, Sécurité Publique, Gouvernance Électronique... De beaux mots, de gros mots, des mots lourds. Aucun citoyen ne devrait voter ces mots pour leur définition, mais pour leur contenu. Voter pour ces mots ? Oui. Mais,

109

d'après quel modèle ? Qui s'en chargera ? D'après quelles normes et quelles structures ? Comment va-t-on atterrir ? Quels sont les paramètres à considérer ? Quels seront les obstacles ? Et pour répondre à ces interrogations, l'Université a un rôle à jouer ; les vieillards ont des expériences à partager et des histoires à raconter ; les enfants, les adolescents et les jeunes ont à exprimer leurs aspirations. L'être devrait analyser chaque discours, et en considérer les non-dits. Que les débats soient repris dans les « *lakou* » ! Que les espaces publics soient ouverts pour les débats électoraux ! Que chacun prenne sa responsabilité !

Toutes les consciences pures ont une part à remplir dans les élections : accompagner chaque électeur dans le choix d'un-e candidat-e. Ces électeurs n'auront pas à choisir des candidats en tant que personne, mais en tant qu'idées. Si on les vote en tant que personne, demain on pourra les tuer. Ils pourront nous trahir face à une situation, notamment quand on les menacera de couper leur visa, ou quand on les donnera des billets pour ne pas donner carnet à un ministre. Mais, les idées n'ont aucune forme plastique. On ne peut pas les tuer. Les idées n'ont pas besoin de visa et d'argent.

À l'approche des élections, nous avons tous un devoir d'Homme, un devoir de citoyen, un devoir d'intellectuel, un devoir de conscience, celui d'analyser pour quelle idée voter. Il est important, voire obligatoire, de voter. Si nous ne votons pas pour notre idée, on votera pour une autre idée à notre place. Mais, à quoi bon de voter quand c'est le système qu'il faut changer ? Avec le système, voter pour un honnête homme, une honnête femme ou pour une personne indigne du pouvoir, la différence de choix ne se trouve que dans le numéro du candidat. Pourquoi ? Parce qu'on aura toujours les mêmes résultats. Et si l'on faisait des élections non pour des personnes, mais pour des systèmes ? »

Pour qui va-t-on voter ? Combien d'électeurs vont voter ? Pourquoi va-t-on voter ? On ne sait pas encore. Le Conseil Électoral Provisoire donnera la réponse. Sur plus de 10.000.000 d'habitants, seulement 4.694.961 auraient accès aux urnes. Mais, seulement moins d'un quart de ce nombre va remplir les urnes pour élire un-e président-e.

Le 12 Janvier 2011, c'est la commémoration du premier anniversaire du séisme. Une fois de plus, le moment est à la prière. Des millions de gens remercient l'Être Suprême de leur avoir conservé le souffle de vie. Les tribus de louanges qui montèrent vers Dieu ne manquèrent pas d'émotions. À l'heure du recueillement national, en mémoire des victimes, ce sont des pleurs. À l'heure même où le fait s'était réalisé, des milliers de gens ont poussé un puissant cri, comme pour se libérer d'une trop forte émotion. Plusieurs ont eu l'impression d'entendre la voix de leurs êtres chers qui criaient au secours. C'était comme une hallucination collective.

Pour marquer cette date, le gouvernement officiel d'Haïti et les autres gouvernements, se rendirent à Saint Christophe, le lieu d'embarcation de tous ces voyageurs sans papiers, enlevés de la lumière pour habiter d'épaisses ténèbres. Les bénéficiaires du séisme furent très éloquents dans leurs discours, on dirait qu'ils en étaient vraiment affectés. À date, aucun monument digne n'est dressé en mémoire de ces disparus.

Dans moins de quinze jours, on va commémorer le troisième anniversaire du séisme. Le décor n'a presque pas changé : des tentes un peu partout, des familles peinent à trouver de quoi se nourrir, les rescapés vivent à la merci des plus généreux, parfois des plus malhonnêtes, on ne se penche pas encore sur ceux et celles qui font le trottoir. La prière adressée à la Force Supérieure et aux êtres intermédiaires est le seul recours des haïtiens. Pour prier ils chantent, en chantant ils dansent, dans la danse ils libèrent certaines frustrations.

À la proclamation du résultat partiel des présidentielles, c'est la danse aux instruments : tambours, bambous, cônes, tchatchas, flûtes... Des foules frustrées gagnent les rues, au son de la musique produite avec ces instruments artisanaux et avec leur danse, sans oublier leur caoutchouc, pour un peu de flammes, et leur gazoline pour incendier ce qui est *combustible*. C'est leur façon à eux de crier et réclamer victoire électorale pour un candidat. Un candidat qu'ils n'avaient probablement pas voté. De nombreux citoyens réclament leur vote en faveur du chanteur : *« Nou vote vagabon nou, ban nou vagabon nou*[31] *».* Un vagabond qui n'a probablement pas été repris par les acteurs de la société. Ce même jour, c'est le théâtre : les candidats demandent d'annuler les [résultats des] élections. Mais, quand le chanteur voit que les choses tournent en sa faveur, il change son discours. Les autres demandent d'emprisonner tous les membres du Conseil Electoral Provisoire. C'est de la démagogie, et dans les faits et dans les discours. On attend le deuxième tour et les commentaires des financeurs des élections.

Le 21 avril 2011, on publie les résultats définitifs. Le chanteur est élu 56e président de la Première République Noire, la République Mère des Droits Humains. Des masses gagnent les rues pour manifester leur joie. On jubile un peu partout. Le samedi 14 mai 2014, le président élu prête serment en présence de plusieurs personnalités du monde politique, dont la seule présidente que le pays ait connue, cette femme qui a une réputation sans pareille pour avoir organisé des élections libres, honnêtes et démocratiques. Le peuple s'est massé devant les ruines du Palais National, sur lesquelles est dressé un magnifique stand avec un décor très attrayant, pour crier

---

[31] Nous avons voté notre vagabond, donnez-nous notre vagabond.

JEAN CARMY FÉLIXON

« *VIKTWA POU PÈP LA* », quoique beaucoup préfèrent crier
« *VIKTWA SOU PÈP LA.* »

Depuis son arrivée au pouvoir, le président entreprend
des démarches en vue de tenir quelques promesses lors de sa
campagne, telles que la dotation du pays de plusieurs
universités, ainsi que les réformes agraires. Dans ses discours,
on pense qu'il a une volonté de sortir Haïti de son trou.
Surnommé « le pigeon voyageur », il a effectué des tonnes de
voyages à l'étranger, ce dont beaucoup de citoyens se sont
plaints. Et pour cause : chaque voyage aurait coûté une fortune
au Trésor Public de ce pays surpeuplé de pauvres.

Sous son Pouvoir, l'État a réalisé beaucoup de bonnes
choses. Nous avons, par exemple, les partenariats et l'appel aux
investisseurs étrangers à venir implanter leurs entreprises en
Haïti, la construction des aéroports, la construction et la
rénovation des espaces culturels et sportifs, le processus de
décentralisation, l'intégration des femmes dans la vie nationale
en ce qui concerne les postes de responsabilité, la création de
meilleures conditions de travail pour certains fonctionnaires
publics, la multiplication des relations diplomatiques d'Haïti
avec d'autres pays, et tant d'autres choses. Cet homme semble
avoir une vision large et anticipatrice. Il pense grand.

On a reçu plein de visites de dignitaires même si certains
n'arrivent pas à voir ce que ces visites ont rapporté
concrètement au pays. Maintenant, on pourrait dire qu'une
meilleure image d'Haïti est projetée à l'échelle mondiale,
surtout avec les efforts combien louables de la ministre du
Tourisme. Cette dame a injecté toute son âme dans ce qu'elle
fait. Ses travaux ont créé beaucoup d'emplois directs et orienté
beaucoup de jeunes vers le métier liés à l'interprétariat,
l'hôtellerie, le patrimoine et au tourisme.

Par contre, c'est toujours l'instabilité politique et les
mêmes revendications. De l'investiture à date, on est à trois

gouvernements. Constamment on fait des remaniements ministériels. Des ministres ne sont plus à leur poste pour de multiples raisons. Des conseillers du Président remettent leur démission. Le gouvernement et la famille présidentielle sont accusés de corruption. On accuse le président de vol et de dilapidation des deniers publics. On doute de la nationalité du Président. Des leaders religieux sont soupçonnés de corruption politique. Des militaires démobilisés gagnent les rues pour le retour de l'armée nationale et contre la présence des soldats étrangers. Quelques parlementaires continuent de faire du parlement une gaguère, et certains d'entre eux liquideraient le leur vote aux plus offrants, pour chaque décision, proposition et projet de loi. Le Pouvoir en place ne fait rien contre la création des bidonvilles, en cours. Tout ça c'est la danse, on peut le comprendre.

Par l'effet du courroux de la nature et de la non-responsabilité des concernés, en Août 2012 Haïti a encore dansé. Le cyclone Isaac aurait fait trente-deux morts en Haïti, puis s'en est allé. Deux mois plus tard, sa cousine, Sandy, un ouragan. D'importants dégâts ont été enregistrés, notamment dans les secteurs élevage et agriculture. Après son passage on a eu un bilan officiel de 51 morts, 15 disparus et 19 blessés.

Ce sont des coups durs pour nous. Mais, nous sommes résistants. Nous sommes forts. Nous danserons quand même la danse. Et, advienne que pourra, nous en triompherons. Le jour viendra, oui, il viendra pour enfin danser dans la félicité.

Beaucoup de prisonniers croupissent dans les prisons, dans des conditions infrahumaines, pour des actions qu'ils n'ont pas commises. Ceux qui ont des troubles mentaux continuent d'habiter les rues, parfois y promènent nus. Des religions et des confessions religieuses continuent à promouvoir l'intolérance religieuse sans contribuer efficacement au développement du pays. Des milliers d'haïtiens continuent d'injecter annuellement des millions de dollars dans l'économie d'autres pays amis d'Haïti pour faire la demande d'un visa. Tout ça, c'est aussi de la danse.

Après le séisme, les zones ayant enregistré des pertes énormes étaient comme des lieux de cultes. Partout on priait, on chantait, on s'entraidait. Il y avait une sorte de mise en commun. On était grandement imprégné par un esprit d'équipe, de service et d'entraide citoyenne. Quand la terre a cessé de trembler, la peur qui motiva ce nouveau mode de vie de la nation disparut progressivement. Chacun est retourné à sa vie antérieure. Le changement de cœur et de vie n'était qu'un fruit d'émotion. Les vices citadins reprirent leur place en expédiant les valeurs paysannes dans les campagnes les plus lointaines.

L'aide a été reçue par on ne sait qui. De gros chiffres sont entendus dans les radios et les télés, et sont lus dans les journaux, mais on ne les a pas vus dans la rue, dans des projets de *re-constructions* durables. Des personnes débrouillardes essayaient elles-mêmes de se relever. Elles ont re-commencé avec leurs activités commerciales, mais ça n'a pas porté fruit pour eux tous. Des pyromanes continuent d'incendier des marchés publics, créant une nouvelle liste de victimes, une nouvelle liste de chômeurs et de mendiants.

Être haïtien et pauvre à la fois, c'est être comme une bête sans pâturage. Étant sans pâture aussi, comment subsister ? On est menacé tant à l'intérieur qu'à l'extérieur. Les ennemis nés sous le sol semblent être plus nombreux que ceux qui ne le sont pas.

Il y a quelques mois qu'on chantait les richesses du sous-sol haïtien. Il y a des chansons officieuses disant qu'Haïti serait très riche en pétrole. Selon les chansons officielles, Haïti serait riche en gisements miniers, particulièrement en Uranium et en Or. Seulement dans le Nord-Est, l'Or serait évalué à des milliards de dollars.

Pour revenir aux faits, ce sont toujours les mêmes revendications. Des étudiants gagnent constamment les rues pour un dialogue qui n'est entreprise que dans le feu, la fumée, la violence et les gaz toxiques des forces de l'ordre. Les soins de santé, le *dé-re-logement* sont majoritairement à la charge des ONG. La domesticité et le trafic d'enfants continuent pour la plus belle. Les prix des produits de première nécessité s'accroissent considérablement, au jour le jour.

L'État dépense les fonds du Petro-Caribe dans des programmes d'assistanat qui maintiennent la noire misère systématisée. On recommence à construire de la même façon. C'est évident c'est toujours le même niveau de vie, presque le même salaire. Les femmes continuent de vivre l'enfer dans beaucoup d'industries. Aucun organisme de défense des droits humains pour pencher sur leur situation.

Parmi les principaux maux qui nous érodent. Il y a les classes sociales. Cette triste réalité s'attaque même à l'enseignement, surtout au programme scolarisation universelle gratuite et obligatoire, mis sur pied par l'État. On constate qu'il y a deux qualités d'éducation scolaire. Une, très piètre, pour les gens du peuple ; et l'autre, très riche, pour les gens aisés. Un pays, deux écoles.

En Haïti on applique un décret qui a été publié virtuellement partout dans le monde : « Qu'aux sept jours de la semaine, tous les hommes et toutes les femmes accomplissent un devoir social, qui n'est autre que le travail. Leur salaire sera contrôlé, et toutes leurs dépenses orientées. Ainsi, toute leur vie sera-t-elle résumée en deux actes : travailler, dépenser. Que ceux qui ne sont pas encore au travail soient passionnés de vains plaisirs, afin que personne ne remette rien en question. »

Un peuple qui n'apprend pas et à qui on n'apprend pas à utiliser au maximum ses facultés mentales, comment pourrait-il crier victoire ?

Dans certains endroits, à ceux qui pensent et qui veulent partager leur point de vue, on offre un condom, quelques viagras, de la nourriture, de l'argent et du pouvoir. Soit qu'ils les prennent ou qu'ils rejoignent, dans les entrailles de la terre, ceux qui ont joué le héros, eux et les leurs. Ce qui me peine dans toutes ces histoires, c'est leur déclaration, leur rapport. Si et seulement si je savais où les rencontrer, je leur parlerais de femme à homme pour leur dire ceci :

« Arrêtez vos conneries.
Je vous en prie, cessez-les.
Acceptez que votre tour sur le cirque ait pris fin.
Maintenant, c'est le temps des bilans et des réflexions.
N'êtes-vous pas satisfaits ? Oui, vous !
C'est à vous-même que je m'adresse.

Vous créez des problèmes, puis vous jouez l'ange, en proposant des solutions que ceux qui sont affectés par vos problèmes doivent acheter dans la honte et le mépris.
Votre tour sur le cirque a été un succès, pour vous.
Je vous félicite grandement, vous êtes des génies. Je vous applaudis.
Vous avez gagné, pour vous.
Vous avez atteint vos objectifs pervers.
Mais, je ne peux me taire sans vous demander d'arrêter vos conneries.
Vos conneries de réunions pour le développement, la paix, la sécurité, l'égalité et la justice.

Vous luttez contre le racisme.
N'est-ce pas vous qui avez créé la notion de couleur supérieure et de couleur inférieure ? Combien de noirs avez-

vous tué et vous continuez à ne tuer rien que pour leur couleur ? Combien de blancs vous avez laissé mourir et vous laissez mourir encore, pour la couleur de leur peau ?

Vous chantez partout : Kidnappings, actes de terrorisme, pillages, vols, vagues de violence... comme si vous en étiez affectés.

Par respect pour votre titre et pour la morphologie humaine que vous avez, vous devriez vous taire. Qui promeuvent et qui suggèrent les violences, les vols, les pillages, les kidnappings et autres, sinon que vos média et votre sexisme ?

Vos ennemis, ce sont des extraterrestres ? Ou des humains, à conscience collective lente, qui se révoltent contre vous pour ce dont vous leur avez fait subir ?

Vous voulez résoudre de faux problèmes. Le vrai problème est celui de la conscience.

Vous n'êtes pas conscients que vous récoltez ce que vous avez semé. Celui qui sème le vent moissonnera la tempête, c'est la loi. Aux mêmes causes les mêmes effets.

Ne voyez-vous pas que vous semblez être fous ?
Vous êtes en guerre contre vos propres œuvres.
Vous avez créé le sexe fort et le sexe faible,
Après vous prônez l'égalité des sexes.
Vous avez formé des alliances pour vos guerres, pour écraser les nations les plus faibles militairement,
Après vous appelez à l'unité pour la paix.

Vous avez préconisé une belle déclaration :
Tous les êtres humains naissent libres et égaux en dignité et en droits.
Et vous limitez l'autre.
Qui sont les humains ?
Que sont les droits ?

JEAN CARMY FÉLIXON

Que veut dire liberté ?
Que signifie égalité ?
Comment définissez-vous la dignité ?

Vous avez construit des prisons pour les hors-la-loi, disons les hors-vos-lois. Puis, vous les remplissez majoritairement de non coupables et des victimes de votre système.
Vos grands voleurs vous les élevez au rang des nobles ;
Vos grands psychopathes sont parmi ceux dont vous les gradez dans l'armée.
Vos plus malins sont des acteurs de cinéma qui corrompent davantage la terre.

Au nom de la stabilisation vous investissez les territoires des autres.
Vous vous accaparez de leurs propriétés.
Vous extrayez tous leurs minerais,
Vous dépouillez leurs habitants de tout, même de leur virginité.
Après vous étiquetez ces territoires de tous les noms.

Vous vous battez contre le terrorisme, tandis que la terreur c'est vous.
Vous êtes terribles, odieux, criminels, narcissiques, abominables, horribles, dégoûtants. Vous êtes négatifs tout simplement. Je ne vous juge pas.

Vous taxez les pauvres au maximum,
Prétextant que vous luttez contre leur état de pauvreté,
Et vous dispensez le riche des taxes.

Vous êtes vicieux !
Vous vous procurez des plaisirs les plus malsains, de luxe et de vaniteuses vanités, le tout avec la force de travail de ceux

qu'on appelle les plus faibles, avec leur énergie. Vous les appauvrissez au maximum.

Vous aimez les pauvres ?
Défendez leur droit.
Orientez-les afin qu'ils changent les conditions de leur vie.
Ne les emmerdez pas.
Ne corrompez pas leurs vies.
Ne les opprimez plus jamais.
Traitez-les avec douceur, comme une partie de vous.
Traitez-les comme votre autre : regardez-les dans les yeux, vous ne verrez que votre visage.

Vous avez créé votre propre monnaie,
Vous avez fabriqué vos propres billets et vous mettez vos propres restrictions à ce sujet ;
Vous contrôlez les capitaux et la circulation des billets,
Vous orientez la production pour avoir main mise sur l'économie,
Puis vous criaillez de toute part : crise économique, crise économique, crise économique, crise économique…
Vous pouvez parler de toute sorte de crise comme crise d'hystérie, crise d'épilepsie, crise cardiaque, crise de nerfs…
Non pas de crise économique.

Habile et plein de tact, cet-te envoyé-e spécial-e, à titre de diplomate,
Exploite, vole et pille sous l'emblème d'aide, d'amitié, de partenariat, de coopération et d'expertise.
Aide ? Amitié ? Partenariat ? Coopération ? Expertise ?
N'importe quoi.
Vous voulez réellement aider ce pays ?
Contribuez à l'épanouissement de ses citoyens.

Ne noyez pas ses ressortissants sans papiers dans vos mers.

Les miroirs sont là.

Dommage votre cerveau ne peut pas réfléchir, devant ce miroir, votre image, vos conneries, vos bêtises !

Mentez-moi,
Mentez au monde,
Mentez à vos complices,
Mais vous ne pouvez pas vous mentir.

Si, vous n'arrêtez pas vos conneries maintenant même,
Le malheur viendra sur vous.
Vous goûterez de la vengeance du Vengeur
Vous saurez ce que c'est la violence vengeresse.

Arrêtez vos conneries, le monde en a marre.
Arrêtez vos conneries. »

Je n'ai pas parlé des affectations à des postes nominatifs n'ayant pour but que d'accorder l'immunité aux ennemis de la santé mentale et de la paix publique.

J'espère, dans tes réflexions, dans tes démarches pour Haïti, tu liras et tu sauras toi-même tout ce que je n'ai pas pu t'écrire.

Je voudrais te rappeler que le monde est cruel et injuste. Après avoir tué nos ancêtres par des invasions coloniales meurtrières – des immigrations illégales sur notre sol –, par leurs paroles mensongères qui ont parcouru toute la terre, après avoir divisé une grande partie de la nation et falsifiant notre partie d'histoire qu'ils ne peuvent pas étouffer, après avoir profité du séisme pour amputer nos concitoyens, pour nous rabaisser, pour voler nos enfants, pour coucher avec nos frères et nos sœurs, pour créer des emplois pour leurs citoyens, après leurs nombreuses tentatives de guerres civiles ; ils continuent à dire que nous sommes des barbares, que nous ne pouvons pas nous gouverner nous-mêmes. Les *pays amis* d'Haïti s'immiscent dans toutes nos affaires, prétextant qu'on partagerait des liens d'amitié... Le pire, c'est qu'ils trouvent des haïtiens comme moyens pour arriver à leurs fins. Nous danserons la danse, moi je la danserai.

Que mon peuple vienne danser !

« *Kote nou ? Kote nou ? Rasanble toupatou kote nou ye pou n chita pale. Nou tout alawonnbadè, rasanble pou n tande nouvèl sa. Yon nouvèl nou t ap tann depi tanndat, anfen, li rive jodi a.*

Kè m tankou yon granmoun ki gen vè, tèlman li pa konn kote pou li rete granmesi lajwa li gen ladan l. Tout trip ki anndan vant mwen ap sekwe tankou ke chen ki wè mèt li. Cheve nan tèt mwen menm pran fè lago, tout plim ki sou po kò m pran sote, y ap vole ponpe. Lang mwen makonnen ak vwa m pou yo pale, pou yo di koze sa.

Men koze a : dans lan pral kòmanse. Rale tchatcha yo, pran boutèy yo, vini ak kèk moso banbou epi kèk graj. Pa bliye lanbi a non. An n al chèche manman tanbou a kay granni. Pa mize, pa pran tan, nan yon tikras tan ki pa lwen n ap kòmanse. Tout mizisyen yo la deja, se ou menm sèlman ki manke ki fè dans lan poko ka kòmanse. Nou pral danse pou tout tan yo pa t vle n danse yo, nou pral danse jouktan je yo fè yo mal, nou pral danse jouk yo vire ale.

Yo vide bonm tchaka a, yo mete frè ak sè nou yo ladann, pou n ka manje yo. Yo manje mayi a epi yo ban nou viris la. Yo panse se toutan yo t ap fè n fè makak ? Jwèt la fini. Kounye a se nou ki pral danse. N ap danse pou nou defye yo, n ap danse pou nou woule nan chenn yo a, n ap danse pou nou grenpe mòn nan ak zo dan nou, n ap danse pou n delivre frè ak sè nou yo nan bonm nan apre sa pou n refè tchaka a. N ap pran mayi yo, e n a fè sa nou konnen pou nou manje.

Kote fanm vanyan yo ? Kot gason kanson yo ? Retire vye rad yo a sou nou. Mete l nan kannòt, tounen l ba yo. Mete rad pa nou yo. Pran bèl chapo pay nou yo. Fè kò nou bèl pou nou danse. Nou tout pral danse menm dans lan. N ap chante tout chante ki pou chase move zè sa yo, pou yo ale kote fènwa rete. Nou tout ap fè menm mouvman yo an menm tan pou dans lan ka bèl, n ap danse sou menm pye, epi n ap jwe men yo ansanm. N ap montre yo kijan yo fèb, kijan yo lach, kijan yo sòt, kijan yo mechan.

N ap danse dans pa yo a anvan pou yo pa konprann, annapre n ap danse dans pa nou an.

Tanbou ki pral vibre anndan nou an, ak lòt enstriman ki pral anime dans nou an, ap fè nou tout pran konsyans an menm tan. Y ap fè nou dekouvri kouman nou pase mizè, kouman nou gen fòs, kouman nou gen kouraj, e kouman nou dwe viv. Pandan n ap pran konsyans, n ap kraze tout vye lòtèl kèk nan nou konn sakrifye moun parèy nou, n a lage atè tout vye sistèm k ap prita nou yo, k ap souse ti kras ji lamizè yo a kite pou nou an. N ap divize tout sa k divize n yo. Men anvan, n ap reflechi epi n ap aji pou n pa nan katchouboumbe, pou nou pa voye rele yo pou nou di yo nou malad.

Pandan dans la poko kòmanse, yo mèt pwofite. Yo mèt degaje yo. Yo mèt aji jan yo pito. Men kou dans lan kòmanse, yo va sezi, yo va gen latranblad, yo va gen lafyèb nan zo, tèt yo va cho, san yo va glase, plim je yo va pran dife. Lè sa yo tout ap konnen kijan pèp la danse, epi y ap konprann kisa sa vle di lè pèp la ap danse.

Pran lanbi a, soufle l. Rasanble tchovi yo. Al chèche vye granmoun yo pou remonte bonm tchaka a. Al chèche jenn fanm

123

yo pou vin griye mayi a. Epi jenn gason yo pral chèche dlo ak fèy pou n benyen apre dans lan.

Se jodi a menm dans lan ap kòmanse. Si w sa, vin danse, si w pa sa, kraze rak. Depi w la w pa sa, w ap wè w viktim nan dans lan. »

Il y a des haïtiens là-bas qui vous traduiront ce texte. Si nous étions à danser leur danse au son de la musique, je ferais en sorte qu'on écourte la musique afin de finir avec cette danse, mais ce n'est pas le cas. Avec ou sans musique, dans le feu et dans l'eau, dans l'air et le vent, dans le calme et l'agitation, nous danserons bientôt notre danse, une danse de joie et de liberté. La danse est notre seconde nature.

Veuille me faire parvenir les nouvelles de la dame qui était partie avec vous pour le Congo. N'oublie pas de lui transmettre mes salutations. Je m'efforcerai, même si c'est quand j'aurai un lambi à plumes, pour venir la voir.

Tu embrasses ta femme et tu fais un gros câlin à la dame haïtienne. Vous êtes tous adorables mes enfants ! Rires. Monsieur Jean Ducange Damas, je te fais un gros bisou. Ne change pas, sinon que pour le mieux. Tu me salueras ton frère Gady W. Damas. Je t'aime très fort. »

D'un coup, elle a écrit sa lecture de la réalité en vue de la poster vers la RDC. Elle n'a pas même pris le soin de la relire en vue de reformuler certaines choses. Elle a écrit avec ses frustrations, ses haines et ses préjugés, sans soumettre ses opinions aux analyses et commentaires des autres.

Tôt dans la matinée, elle s'est sentie très faible et avait grand faim. Elle avait passé la nuit entière à écrire. Elle s'est achetée à crédit du *chenjanbe*[32] chez une vieille.

Il n'y avait pas d'eau chez elle. Elle enfila son jean, se rendit chez une amie pour sa toilette et prit le chemin d'un bureau postal. Elle attendait avec impatience que les jours ouvrables soient accomplis afin de tirer sur son compte les provisions du chèque. Elle avait commencé une campagne de marketing pour les produits qu'elle comptait vendre.

---

[32] Nourriture préparée avec légèreté et qui se vend en pleine rue ou sous des tentes

6

Un mois après avoir parlé à Rachel, Ducange reçut un courrier dans une grande enveloppe jaune, courrier qu'il attendait avec impatience.

Myriam était sur la cour, donnant à manger aux animaux dans l'aquarium, à quelques quinze mètres de la barrière. Ducange l'appela pour lui donner l'enveloppe afin de la remettre à Amandine. Elle était à la buanderie quand Myriam lui apporta l'enveloppe.

- *Munanga wanyi ! Udi mumona ne ndi nemudimu !* [33]
- *Se tatu Damas udi mundoba bua kukupesha*
- *Bua nganyi !*
- *Tshiena mumona to Mamu !*
- *Teleja ! Misangu yabunga ndi kuambila ne udi muakumbikila Dine ! Ndi mulunda*
- *Eywa ! Mamu Dine !*
- *Udi muakuambulula nanyi Dine*
- *Dine*
- *Kuena muakubikila kabidi Mamu !*

Myriam était, encore une fois, très émue des traitements qu'elle recevait d'Amandine. Depuis ses dix-huit ans de carrière, elle n'avait jamais eu ces traitements chez les autres. En plus d'avoir sa chambre, elle est traitée comme une employée de bureau. Elle laissa couler des larmes de ses yeux et remercia sa patronne pour sa grande considération à son

---

- [33] Cocotte ! Tu vois que je suis occupée chérie.
- C'est Monsieur Damas qui m'a demandé de te la remettre.
- C'est pour qui ?
- Je n'ai pas regardé Madame.
- Écoute, à plusieurs reprises je te dis que tu peux m'appeler Dine. Je suis ton amie…
- Oui, Madame Dine,
- Tu répètes après moi, Dine
- Dine
- Ok, tu ne vas plus m'appeler Madame.

égard. Amandine s'est levée de sa chaise, essuya ses mains avec une petite serviette jaune et serra fortement Myriam dans ses bras en lui souriant.

Quand Amandine vit que l'enveloppe était de Rachel, elle abandonna son travail et courut rejoindre son mari sur la cour. Elle oubliait si son mari était malade le jour. Elle lui sauta dessus, pour partager avec lui le plaisir de recevoir les nouvelles de Rachel.

- Je suis contente de recevoir cette enveloppe de Rachel.
- Tu ne devrais pas être contente chérie, c'est mon nom qui est sur cette enveloppe, lui répondit-il de son ton persifleur.
- On est une seule chair, lui rappela-t-elle en souriant, je t'ai eu.

Ils n'avaient pas lambiné d'ouvrir l'enveloppe. Ensemble, ils lurent minutieusement chaque paragraphe de ce long récit.

Ils remirent en question tout ce qu'ils ont lu. Car beaucoup de média disaient le contraire, surtout en ce qui concernait l'aide, les programmes d'assistance sociale et l'éducation gratuite.

Depuis le séisme, ces conjoints furent comme des patriotes haïtiens dans cette ville de la RDC. Ils n'avaient pas cessé de défendre les intérêts d'Haïti et de penser comment venir en aide aux haïtiens.

Ducange était toujours de grand cœur quand il s'agissait d'aider, de donner. Il avait été élevé en Inde par sa mère, Karunamayi, une hindouiste. Cependant, il n'avait pas accepté la foi de sa mère. À dix-sept ans, il rejoignit son père qui travaillait en Amérique. C'est là qu'il fit connaissance de sa belle-mère, Kimberly. Cette dernière lui enseigna les vertus théologales du Christianisme. Elle lui a fait vivre « la joie du don ». Sa belle-mère lui avait appris que l'argent n'est pas comestible. Elle lui avait fait savoir que donner n'appauvrit pas et ne diminuait non plus une fortune, mais qu'il enrichissait davantage.

La solution immédiate que Ducange proposa pour Haïti c'était une collecte de fonds en faveur des organisations humanitaires qui œuvraient en Haïti. Mais, sa générosité ne lui avait pas empêché de commenter le contenu de ce qu'il a lu. Il pensa que Rachel jouait au jeu de la déresponsabilisation, qu'elle accusait les étrangers de faire ci et ça à son peuple, comme si les gens de son peuple étaient des brebis sans volonté, dont le destin dépendait entièrement des étrangers qui seraient de cruels bouchers.

Pour Ducange, Rachel n'avait fait que ce que font de nombreux marginaux : accuser les autres et les plus fortunés comme étant responsables de leur malheur alors qu'ils se haïssent entre eux et mettent de côté toute forme d'entraide et d'esprit d'équipe.

Cependant, Ducange n'a pas ignoré l'éventuelle implication active des *pays amis* d'Haïti dans les maux qui rongent ce Pays. Selon lui, Haïti continue à payer la dette de l'indépendance pour avoir osé défier un système qui rapportait beaucoup aux grandes puissances. Il pensa que si Haïti n'avait pas commis cet impair de proclamer l'indépendance, il n'aurait pas tous ces ennemis. Mais, Ducange ne pensait pas à haute voix. Il le faisait en silence.

Ducange continua le dialogue avec sa tendre Amandine :

« On organise un spectacle chez Michaëlle en vue d'une levée de fonds pour Haïti. Qu'en penses-tu ?

- Chéri, écoute ! Tu as lu, mais tu n'as pas compris. On va relire.

- Qu'est-ce qu'on va relire ?
- L'aide a été gueuletonnée et distribuée aux non-sinistrés. Si on doit étendre notre assistance en Haïti, il faut que cela soit fait méthodiquement. On ne peut pas continuer à nourrir des gloutons riches, tandis que des pauvres meurent de faim.
- Comment faire ?
- On attend que Michaëlle revienne du travail et on en discutera. T'es d'avis ?
- Tu es gentille, je t'aime. J'appelle Michaëlle pour voir si on peut venir chez elle ce soir pour en discuter. »

Les trois passèrent plus de six heures à discuter de la façon de contribuer efficacement dans le processus de la *reconstruction* d'Haïti. Après discussion, ils prirent la décision de déborder le cadre. Ils envoyèrent une correspondance, avec une copie du manuscrit de Rachel à une bonne partie de ceux qui avaient fait des dons en faveur d'Haïti, pour les informer de la situation d'Haïti du séisme à date. Dans la correspondance, ils fixèrent rendez-vous dimanche, en huit jours, à 18:00, pour une vidéoconférence qui aura duré quatre-vingt minutes.

Les 300 participants à cette vidéoconférence décidèrent de travailler en atelier. Le jour du rapport, dans deux mois, ils auront à organiser un dîner de levée de fonds pour Haïti. Ce travail en atelier s'est réalisé seulement en week-end. Dans presque chaque atelier il y avait au moins un citoyen haïtien qui connaissait assez bien les réalités de la société haïtienne.

À une semaine du rendez-vous, Michaëlle confirma le nombre de participants. Elle fit les préparatifs nécessaires et renouvela ses invitations à ses consœurs et confrères de la presse.

JEAN CARMY FÉLIXON

Au jour-J, personne n'a voulu être en retard. Le domaine de Michaëlle était truffé d'hommes et de femmes bien avant l'heure prévue.

On n'était pas à son auditorium de mille places assises, mais sur la terrasse, où chacun prit place sur ces sofas de dîner, arrangés tout autour de cette piscine dont le périmètre est de soixante-dix mètres de large et trente mètres de long. Dans tout le jardin et sur toute la surface de la piste de danse, il y avait des participants sur ces chaises en fourreaux blancs, avec une ceinture dorée formant un nœud décoratif. Ces chaises étaient bien arrangées en rond autour des tables de douze places avec chacune des nappes blanches et un bouquet rond de fleurs. C'était comme une soirée de retrouvailles. Beaucoup de ceux qui n'avaient pas pu participer au gala traditionnel de fin d'année organisé par la famille Damas dans ce domaine, l'année dernière, répondirent présents à cette rencontre.

Le parking de trois étages et une grande partie de la terrasse furent bourrés de voitures, environ 728, parmi les plus grandes marques. Juste après la barrière, il y avait les jeunes négresses aux cheveux courts et les jeunes blondes aux yeux bleus, portant toutes un tailleur noir, un chemisier blanc et une cravate pourpre. Elles accueillirent les invités, reçurent leur chèque, les firent signer dans le Livre Noir pour Haïti et les accompagnèrent depuis le tapis rouge de l'entrée jusqu'à leur siège.

Des familles entières y étaient, ainsi que des représentants d'organisations humanitaires, des employeurs, des hommes d'affaires, des professeurs d'Université, des reporters et des représentants du gouvernement de la République Démocratique du Congo.

À l'entrée de cet espace, construit sur une superficie de quatre hectares très boisées, il y a quatre bustes en marbre blanc, de taille 48x64 cm, élevés à un mètre du sol. À quelques dix pas des bustes, se trouvent deux jets d'eau, l'un en face de l'autre. Ils combinent l'eau, le son et les couleurs de l'arc-en-ciel.

À l'heure de commencer, Alex St-Vil prononça, d'abord, les propos d'introduction et souhaita la bienvenue aux participants, tout en les invitant à se mettre debout pour écouter James Casimir et Samantha Colas, deux jeunes Haïtiens, chanter l'Hymne National d'Haïti. Ensuite, c'était une prestation d'une troupe de danse folklorique venue de la Tanzanie. Cette prestation dura douze minutes. Enfin, après cette danse, Michaëlle s'avança, sur l'invitation d'Alex, pour son discours.

« Ce soir, plus de mille quatre cent cinquante personnes, venues de divers horizons, sont ici pour discuter des affaires d'une nation, une nation au passé fier et glorieux.

Cette nation, en formation, a été au service de la terre entière, puisqu'à un certain moment de l'histoire, les trois quarts de sucre consommés dans ce qui était reconnu comme le monde, furent produits en Haïti qui était, à cette époque, une colonie française. Cette colonie très florissante fut qualifiée de joyau de l'empire colonial.

Elle allait écrire l'histoire en lettres indélébiles, quand elle a voulu faire une révolution pour renverser le système colonial, ce système esclavagiste, oppressif et ségrégatif. Ce qu'elle a fait. Ainsi, en 1804, elle s'est autoproclamée République. Ce n'était pas un cadeau des blancs et des noirs affranchis, mais c'était le sang de ses fils qui avait transformé cette colonie d'esclaves en République. On peut tout enlever à Haïti, sauf cette gloire.

Devenir République ne lui avait pas suffi. Après son indépendance, Haïti a aidé d'autres colonies d'esclaves à devenir républiques. Avant son indépendance, elle l'avait fait également. En ces temps-là, c'était l'une des plus grandes aides qu'une nation pouvait fournir à une autre en devenir. Je frémis en voyant les prouesses réalisées par cette nation africaine déportée en Amérique, notamment devant son offre de nationalité ethnocentrique : « *Tout africain, indien et ceux issus de leur sang, nés dans les colonies ou en pays étrangers, qui viendraient résider dans la République, seront reconnus haïtiens* ». Malheureusement nous n'aurons pas suffisamment de temps pour redire l'histoire.

Algérie, Angola, Bénin, Cameroun, Congo, Côte d'Ivoire, États-Unis, Éthiopie, France, Israël, Lybie, Mali, Maroc, Sénégal, Togo, Venezuela, pour ne citer que ceux-là, peuvent tous témoigner des bienfaits et de la sollicitude d'Haïti et des Haïtiens.

Je m'incline pour saluer la mémoire de ses enfants, particulièrement : Anacaona, Caonabo, Suzanne Louverture, Catherine Flon, Claire Heureuse, Sanite Belair, Lumane Casimir, Henry Christophe, Colas Bout Ponyèt, Toussaint Louverture, Jean-Jacques Dessalines, Anténor Firmin, Louis Joseph Janvier, Jean Price Mars, Jacques Roumain, Jacques Stephen Alexis, Capois-la-Mort, Rosalvo Bobo, Amiral Kilick et j'en passe. Ce sont des filles et des fils dignes d'Haïti.

Depuis quelques décennies, Haïti vit des moments difficiles dans son histoire. Une nuée de maux mine davantage cette nation depuis qu'un pays a commencé à lui offrir de l'aide, une aide qui a détruit sa production agricole, une aide qui l'a replacé sous tutelle. Récemment, elle a vécu l'invivable à cause d'une catastrophe occasionnant d'énormes pertes en vies humaines et en biens matériels.

Constamment, j'avais vu des images venant d'Haïti, et ces images étaient toutes négatives. Les chaines auxquelles je suis abonnée ne m'ont jamais présenté une image positive sur Haïti. Ces journalistes réduisent le pays à ses bidonvilles de la

Capitale, et le présentent comme une jungle humaine, sans jamais citer le gouvernement de leurs pays qui s'engage à faire d'Haïti cette jungle. Ils ne citent jamais les dirigeants de leurs pays qui investissent dans l'instabilité économique et sociopolitique en Haïti. Ils sont toujours prêts à montrer des images de scènes de violence venant d'Haïti, mais celles de leurs pays sont gardées dans leur tiroir. Plus d'un ont investi et investissent encore dans cette guerre médiatique contre Haïti et contre son peuple.

Ce n'était qu'au lendemain du séisme que j'ai eu la possibilité de visiter Haïti avec le couple Damas que je vous demande d'applaudir.

Il me rejoint sur le podium.

Merci de les applaudir.

Tout le mal qu'on dit d'Haïti est faux. C'est faux !

C'est archifaux !

Haïti n'est pas un pays ! Ce n'est non plus un projet de pays. Haïti est un paradis !

Haïti est un paradis. Mais sur chaque arbre d'espoir du jardin idyllique de ce paradis, il y a un serpent. L'arbre de l'économie, celui des finances, de la politique, de l'administration, de la religion, du pouvoir exécutif, du pouvoir législatif, du pouvoir judiciaire, de l'enseignement, de la communication, de la conscience citoyenne, des relations internationales, tous ces arbres hébergent, malgré eux, le même serpent. C'est un serpent féroce et venimeux. Il cherche à tuer tous ceux qui veulent œuvrer pour le bien-être du plus grand nombre.

Depuis que je voyage, je n'ai jamais vu un pays aussi attrayant écologiquement – l'écologie d'Haïti est une mine d'une valeur inestimable. Le patrimoine culturel d'Haïti est une merveille mondiale.

Si et seulement si les haïtiens connaissaient leur histoire, leurs richesses, leurs valeurs et leurs potentialités, ils n'échangeraient pas leur identité contre des denrées avariées, ils ne donneraient pas leur terre à des nations étrangères contre la nourriture souillée. Si Haïti avait eu en connaissance sa force, il ne se serait pas laissé guider par des sanguinaires et des vautours.

Apparemment, Haïti est faible. Heureusement c'est une apparence ! Cependant cette apparence la rend vulnérable. L'Afrique ne peut pas se taire devant cette vulnérabilité. Si on peut respecter l'Homme Noir, l'Homme d'Afrique, c'est grâce au peuple haïtien, c'est grâce au sang haïtien, à la plume haïtienne. Haïti est fils de l'Afrique. L'Afrique doit aider son fils. Même s'il était sur une autre planète, il resterait fils de l'Afrique. Les distances ne brisent pas les liens sanguins.

Aider Haïti n'est pas une option pour aucun peuple, encore moins le peuple Africain. C'est une obligation.

Avec tout ce que cela implique, je prends la responsabilité de dire que beaucoup des pays amis d'Haïti partagent avec lui une amitié criminelle. Leur assistanat c'est du poison violent, mais tuant à petit feu. Haïti est dans un trou. Ils lui tendent tous un PVC pour l'en sortir. Ils le lui tendent tout en laissant l'échelle aux rebords du trou. S'ils voulaient réellement sortir Haïti de son trou, ils lui donneraient l'échelle. Ce soir, nous n'allons pas lui tendre un PVC. Nous allons lui donner une échelle, celle qui est la plus solide afin qu'elle puisse parvenir au sommet. »

Michaëlle parla avec vigueur et une grande autorité. Tout au long de cette partie de son discours, il y eut de forts applaudissements. Les haïtiens qui étaient là n'ont pas caché leurs émotions. Quand Michaëlle prononça cette dernière phrase : *...nous n'allons pas lui tendre un PVC. Nous allons lui donner une échelle, celle qui est la plus solide afin qu'elle puisse parvenir au sommet,* tous se mirent debout et l'applaudirent avec impétuosité. Michaëlle s'est laissée influencer par la foule et reprit avec vie :

« Avec tout ce que cela implique, je prends la responsabilité de dire que beaucoup des pays amis d'Haïti partagent avec lui une amitié criminelle. Leur assistanat c'est du poison violent, mais tuant à petit feu. Haïti est dans un trou. Ils lui tendent tous un PVC pour l'en sortir. Ils le lui tendent tout en laissant l'échelle aux rebords du trou. S'ils voulaient réellement sortir Haïti de son trou, ils lui donneraient l'échelle. Ce soir, nous n'allons pas lui tendre un PVC. Nous allons lui donner une échelle, celle qui est la plus solide afin qu'elle puisse parvenir au sommet. »

Après quelques minutes, les applaudissements cessèrent. Un silence de mort régnait dans l'assistance, jusqu'à ce qu'Élitane, qui partageait la table de ceux qui allaient présenter le rapport, se levasse, gravît le pupitre, serrât Michaëlle fortement dans ses bras. Puis, elle prit le micro et s'exprima en ces termes :

« J'aime mon peuple. Merci de donner l'échelle à Haïti. Merci d'aider mon peuple à sortir de son trou. »

Quand elle finit de parler, Amandine la prit dans ses bras et lui dit doucement : « je suis fière de toi, petite sœur », et elle la tient debout auprès d'elle. Michaëlle continua son discours en regardant Élitane, en jetant des regards balayeurs sur l'assistance.

« Si je devais donner un prix à cette femme qui vient de vous remercier, ce serait le **PRIX DE LA RÉSILIENCE**. Elle souffre depuis sa plus tendre enfance, comme des millions de femmes à travers le monde. Elle est victime de plusieurs sortes de violence, comme des millions de femmes à travers le monde. Mais, elle tient ferme et reste debout, comme des millions de femmes à travers le monde.

Une grande partie de son être se trouve dans un cimetière. Je parle des fruits de ses entrailles. Les trois bustes d'hommes qui sont à l'entrée principale, vis-à-vis de celui de ma tendre fille décédée à l'âge de dix-sept ans, sont ceux de ses trois fils adorés péris au cours du cataclysme de 2010.

La souffrance ne l'effraie pas, c'est elle qui effraie la souffrance.

Élitane, tu es le genre de femme que des femmes du Sud ont besoin comme modèle. Tu devrais être un sujet d'étude pour les femmes du Nord. Dans ma liste de femmes, tu es dans les premiers rangs. Nous nous courbons pour saluer ton patriotisme, ton courage et ton goût de vivre.

En Janvier 2010, j'ai reçu un appel d'Amandine : « Michaëlle, Haïti est en difficulté. Je rentre en Haïti avec Ducange. J'ai besoin de ton assistance financière ». Après son appel, j'ai décidé de me rendre en Haïti avec elle, et son mari. Pour moi, c'était le moment opportun de visiter l'Amérique. J'avais en tête de faire du tourisme. Il faut vous avouer que mon cœur ne fut pas touché par la situation chaotique créée par le séisme. Il fut touché quand j'ai rencontré cette femme. Je pensais qu'elle avait tout perdu, absolument tout. Mais, c'est moi qui avais perdu mon sens d'observation. Je ne pouvais pas remarquer qu'il lui restait son cœur, son souffle, sa raison, sa sensibilité, son amour et son patriotisme. C'est une vraie Haïtienne, une vraie patriote. Souvent, elle se fait entendre pour dire : « j'aime mon peuple. »

Héroïne, il n'y a pas que toi qui aimes ton peuple. Chacun de nous aime ton peuple. Nous aimons ton peuple. Tous les haïtiens qui sont là aiment ce peuple, c'est ce qui justifie leur présence.

Prenons une minute de recueillement en mémoire de ses trois fils. »

Après les soixante secondes, Élitane remercia l'assistance par un soupir et un beau sourire. Les participants réagirent par un vif applaudissement. Michaëlle reprit son discours.

« Cette rencontre n'a aucune portée politique. Elle est purement sociale. C'est la société civile qui est entrain de prouver son amour envers un fils de l'Afrique. Nous remercions chacun de vous pour votre amour et votre attention envers Haïti. Merci à vous. Merci beaucoup. Merci pour tout. Je vous aime. »

Quand elle acheva son discours, l'assistance l'applaudit encore une fois. Elle serra Élitane ainsi que le couple dans ses bras. Amandine, avec le son doux, tendre et mélodieux de sa voix, la musicalité de son parler, son élégance dans son tailleur de soie, sa beauté de déesse, commença son discours à présent. Elle capta l'attention tant des hommes que des femmes. Ses premiers mots furent un séduisant sourire.

« Ce soir, ce sont les femmes qui sont à l'honneur. Tous les hommes doivent se taire ». L'assistance commença à sourire et presque toutes les femmes qui étaient présentes rirent. Elles l'applaudirent. Elle continua :

« Tous, on a connaissance de la situation qui sévit en Haïti depuis après le séisme. Nous l'avons apprise d'une survivante résidant en Haïti et nous l'avons confirmée. Mon mari Ducange, qui va se taire (elle rit), Michaëlle et moi n'avons pas les mots justes pour décrire votre humanisme. Vous répondez toujours à l'appel de détresse des autres. Je tiens à préciser que ce ne sont pas les haïtiens qui ont crié au secours. Les haïtiens crient au secours difficilement. Ils font toujours de leur mieux pour sortir de chaque situation, sans le secours d'aucune main. Le séisme en a donné une démonstration. Ils étaient les premiers à s'entraider, les premiers à retirer leurs concitoyens sous les décombres. Haïti est un peuple de grands hommes, d'hommes forts. Ils sortent de très loin – ils sortent de l'Afrique. Ils marchent la tête haute sous de pesants fardeaux qui devraient les faire plier.

Je vous demande d'applaudir avec éclat le courage de ce peuple. »

Ils se mirent debout et applaudirent longuement le courage du peuple haïtien.

« Ils n'ont pas demandé de tenir cette réunion. C'est vous qui avez jugé bon de prendre cette initiative.

Nous allons présenter en bref un travail qui vous a tous coûté beaucoup de ressources. Nous allons envoyer une copie de ce travail à l'État Haïtien et une autre à la diaspora haïtienne. Nous ferons en sorte que ce document soit publié dans les journaux haïtiens tant en Haïti qu'à l'étranger. Vos recommandations sont des propositions et non des avis. Elles peuvent être acceptées ou rejetées. L'important, c'est que vous avez fait de votre mieux, vous avez partagé vos idées.

C'était une nécessité de réaliser ce travail. La situation est très grave en Haïti, ce pays comme transformé en une société de consommation, sans aucune production. Avec ces nombreux citoyens dépourvus du pouvoir d'achat, vous imaginez ? Si rien n'est fait, il arrivera un temps où le cannibalisme sera une condition de survie en Haïti. Ce ne sera pas seulement le cas d'Haïti, mais celui de beaucoup d'autres pays replacés en état de tutelle. Alors, vous avez fait du bien en proposant vos idées pour le changement en Haïti.

Je vous fais un bref résumé de quelques-uns des points que nous n'aurons pas le temps de présenter.

Autour de l'éducation scolaire, nous suggérons l'intégration de la technologie mentale et l'apprentissage d'une profession manuelle dans le parcours académique, l'enseignement dans la langue maternelle et l'apprentissage d'une langue étrangère dans le contexte géostratégique et géopolitique, et aussi une éducation orientée et adaptée selon les besoins du pays, et selon les aptitudes et compétences de l'apprenant. L'éducation culturelle, l'alphabétisation et « *l'alphanétisation* » ne doivent pas être négligées.

En ce qui concerne certaines réalités ayant rapport aux crises actuelles d'Haïti, nous proposons d'entamer des réformes en commençant par l'élaboration des lois qui tiennent compte des Conventions qu'Haïti a signées, et des progrès technologiques, scientifiques ; des réformes à tous les niveaux dans les institutions publiques, privées et mixtes ; des réformes contre la non-acceptation de l'autre et pour l'intégration de tous ; des réformes sociales, économiques, financières et politiques. Ce qui nécessitera une sorte de rééducation et la prise de certaines décisions. Dans cette perspective de réformes étatiques, il faudrait mettre beaucoup d'accent sur les pouvoirs locaux et bien équiper chaque division administrative. Aussi, chaque initiative doit être appuyée par des lois en vue de faciliter la continuité et de contrôler chaque entreprise.

Quant à la question économique, nous conseillons l'exploitation intelligente des ressources naturelles, et aussi la mise en valeur du patrimoine matériel et immatériel d'Haïti. Pour expliciter un peu, dans ce même point, nous avons proposé la création de centres commerciaux départementaux, de musées, de jardins botaniques, de zoos, de centres de conservation et de transformation des produits agricoles, d'écoles d'agriculture pour les agriculteurs, d'espaces pouvant accueillir des événements internationaux ; la mise en œuvre d'une agriculture raisonnée ; le renforcement de la production agricole et la création de banques pour le développement agricole. Nous nous sommes penchés également sur les conditions formelles et informelles d'investissement des multinationales dans ce pays et aussi le contrôle de la croissance démographique. Le réaménagement des villes, la débidonvillisation, la construction des cités modernes, des cités écologiques et des cités historiques, sont du nombre des éléments en ce qui a trait au développement économique d'Haïti.

Il faudrait aussi la déconstruction de certains clichés. Donc, les sphères éducationnelles telles la famille, l'école, l'église, l'État ont un rôle important à jouer dans la *re-construction* de cette république.

Je vais terminer pour dire que rien ne sera possible sans l'implication active de chaque haïtien, en commençant par le plus simple citoyen, naturalisé ou non, pour finir sur les élus et les nommés. Je pourrais parler d'une sorte de conscientisation à la responsabilité citoyenne et étatique, également de l'éducation civique – patriotique, alors ce n'est pas un patriotisme ethnocentrique, mais un patriotisme qui vise la dignité de chaque être humain au-delà de sa nationalité.

Nous sommes à l'heure de la mondialisation. Les riches des pays pauvres deviennent plus riches et les pauvres des pays riches sont appauvris davantage. Qu'en sera-t-il des pauvres des pays pauvres ? Je m'arrête ici.

Avant de procéder à la lecture du document, nous allons nous détendre un peu. On va organiser un petit jeu. Les gagnants auront droit à notre croisière annuelle, et cette année nous serons sur les magnifiques côtes d'Haïti.

Que le spectacle commence ! »

141

On alluma les feux d'artifice. Ils brillèrent de milles éclats. Ils étaient personnalisés, en faveur d'Haïti. Après quoi, les jeux commencèrent et durèrent environs vingt minutes. Ce furent les jeux de momies et de pommes de terre. Pour le jeu de momies, elle appela six couples et elle remit deux rouleaux de papier hygiénique aux femmes. Avec ce papier, les femmes devraient envelopper rapidement leur mari, tout en dégageant leur nez. Les couples étaient de plusieurs nationalités, c'était un couple mixte, une syrienne et un afghan, qui gagna le prix. La syrienne était la plus rapide.

Après ce petit moment de détente, Amandine introduit à nouveau la lecture d'un extrait du document. Lecture qui sera faite tour à tour par Gertha, l'attachée de presse du d'une firme de construction, et Walkens, le recteur de l'université islamique en Haïti. Ils s'étaient rendus à la RDC exclusivement pour cette soirée.

« Construire c'est développer. Construire c'est prévoir.

Quand on dit construction, il ne faut pas voir exclusivement des firmes et des matériaux de construction. Il faut d'abord voir un plan, une conception. La construction nécessite trois éléments essentiels : la volonté, l'énergie que nous appelons matière, et l'intelligence.

C'est à partir de l'intelligence qu'on peut concevoir un plan de construction et que l'on tienne compte de l'environnement dans lequel on construit et pour qui on le fait. C'est elle qui nous fait comprendre que nous ne pouvons pas nous permettre de construire une cage pour des porcs, ni une ruche pour des mouches. Elle nous dit que nous ne pouvons pas construire un poulailler pour des êtres humains. Chaque haïtien est obligé d'utiliser son intelligence et son savoir-faire, pour la *re-construction* d'Haïti.

Si c'est fait correctement, Haïti sera *re-construit* d'abord par des têtes, ensuite par des mains. Des têtes qui ont une vue large et anticipatrice, l'esprit énergique et ennobli. Les gens de cette catégorie peuvent réparer les brèches causées par les générations antérieures. De ces brèches peuvent dépendre majoritairement le luxe et la richesse de la minorité dominante au détriment de la majorité opprimée, frustrée et divisée en elle et contre elle. Ces gens peuvent proposer des solutions efficaces aux problèmes actuels et sont aptes à concevoir des programmes de développement durable. Ils ont le savoir-faire faire et l'aptitude à prendre de bonnes décisions.

Nous insistons beaucoup sur cette question d'intelligence : « ce sont des idées qui mènent le monde ». C'est par une bonne utilisation de son intelligence que l'Haïtien accomplira ses devoirs envers l'autre, qu'il deviendra moins automate. De beaux bâtiments sans des têtes pensantes ne sont que des dépôts d'immondices fonctionnelles.

Notre plan de *re-construction* ne vise pas que des immeubles. Il vise l'administration étatique en passant par l'éducation scolaire, l'éducation civique, le développement socio-économique, etc.

Alors que Gerta était en train de faire la lecture pour les participants, une bombe s'éclata depuis la chambre de Michaëlle. Puis de nombreuses explosions s'en suivent, ne laissant qu'un seul survivant. Lorsque les Pompiers arrivèrent sur les lieux du crime, le seul survivant leur fit savoir ceci : « il en sera ainsi pour tous ceux qui pensent défier ceux à qui profite la situation actuelle d'Haïti. »

Après leur avoir dit cela, il but le contenu d'une fiole qui était dans la poche de son pantalon, et expira.

On ouvre une enquête autour de cette explosion. Actuellement, l'enquête se poursuit.

Dépôt légal : 15-01-002
Bibliothèque Nationale d'Haïti

ISBN : 978-99970-4-344-3
Imprimé à Santo Domingo

Mars 2016

www.ingramcontent.com/pod-product-compliance
Lightning Source LLC
Chambersburg PA
CBHW050408030726
47503CB00006B/2086